多纳尔·瑞安

奇花异果

白照仪 译

上海文艺出版社

创世记

GENESIS

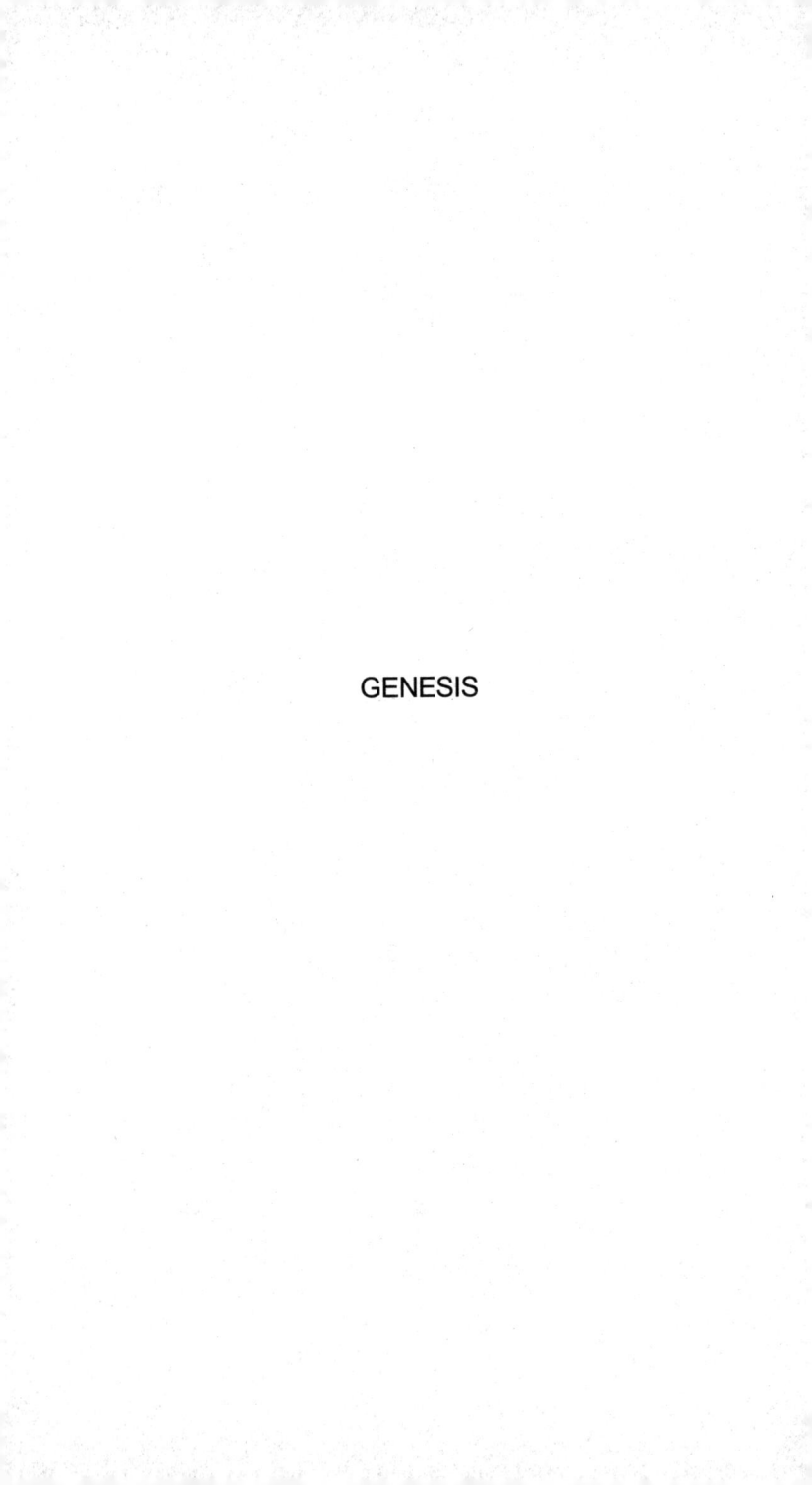

女儿失踪之后，所有的光芒都从帕迪·格拉德尼眼中离去，所有的快乐都从他心里出走。他的生活曾经宁静祥和。在莫尔走之前，早上他骑车带着邮件绕教区一圈，下午在自己照看的农场放牧饲养牲畜，沿着围栏散步检查开口和门，妻子基特整理他们的小屋，替当地的几个生意人处理账务，他的女儿，他的独生女，去学校上课，每天晚上他们全家三口人跪在床前祷告。他们有一台收音机、一个碗橱，还养了一院子鸡。他们四周的各个方向都是绿色柔软的世界：阿拉山在他们身后，越过堂滕纳山脊，浅浅的山谷向银矿山蔓延，在明媚的白天，它看起来能够一直伸展到视野的终点，大地的边缘。主路和村子在小路尽头的房子下方，柔软茂盛的香农湿地[1]在村下流淌，穿过湿地流向湖泊的河流，无论光线如何，总是在低处的地平线上闪烁。

但是在莫尔离开之后，世界变得冰冷，光芒照射之处，却被阴影染上斑驳的黑斑。她没留便条，只是收拾了床铺，把自己不多的东西装到母亲的旧旅行箱里，悄无声息地穿过大门，走过院子，沿着小路去到村里，坐早班公交到尼纳，乘火车到都柏林。一个礼拜前她就把自己在邮政储蓄账户里的那点钱取了出来。他们只弄清了这么多。公交司机弗兰基·威尔士说她在蛇丘线那一小段路上看着还挺开心的。不过，还是一如既往的沉默。上车的时候她跟他打了招呼，他说觉得天气会很不错，她表示同意，就这么多。在村口上车的人就她一个，弗兰基说，他不得不停车的时候还挺惊讶的。他差点就开过去了，她太小了。那天早上其余的乘客都是波特罗来的工厂小子。她就坐在他身后那个前排位子，离那帮小子很远，但他在后视镜里

---

[1] 爱尔兰香农河沿岸的湿地，为位于低洼河漫滩上的季节性洪泛草地生态结构。

看不到她,他不喜欢在座位上转身,他说,他也不喜欢打探别人要干吗。他确实对她那只旅行箱和早早出发的时间感到好奇,但公交司机就该把这种好奇留给自己,他的工作日里充满了没说出口的问题。

消息很快就在村里传开了。没人知道该说点什么做点什么。不过前几天里基特和帕迪还是一直都在忙着接待访客。人们三三两两地从主路走上小路,从詹姆斯敦和邦纳克穿过田地来同情,来推测,来安慰。来自远山和湖畔的善意放到了他们门口,举行了连续九天的祷告,献给基督和许多圣人的手写祷词,确切表明了祈祷的时间和频次,装在信封里放在厨房台面上靠着瓶子或陶器一定能够被看到的地方。其中一个信封上印着大大的**从未辜负**[1],基特把它收在围裙里,时不时用手拍拍确认它是否还在。

最近这世道越来越奇怪了,人们翻来覆去地说,世界变化飞快。一切都完了。那些个新说法,人心和脑袋都变了,现在的穿着打扮还有糟糕的音乐。到处都在打仗。越

---

[1] NEVER KNOWN TO FAIL,一段圣母玛利亚祷告词的标题。

南还有中东还有沿着大路就能走到的该死的北方。年轻人被灌输糟糕的观念,世界是个可怕的地方。人们在结婚之前就住到一块还生了孩子,结了婚的人吵着要离婚,要节育,谁知道那是什么玩意,还有各种各样你想得到的愚蠢行为以及更多你想不到的。但莫尔是有理智的。她肯定会出现的,千真万确。她随时都有可能回来。帕迪和基特在这些谈话和沉重的沉默中始终保持镇静,对那些他们不该听到的悄悄话置若罔闻,对邻居们的帮助表示感激。

基特有个表姐嫁到了都柏林,她写了封信,问莫尔是不是联系过她,但回信中全是问题和同情,没有任何关于莫尔下落的消息。谁都没见到过莫尔。就算有人见过,她也没有引起谁的注意,一个从乡下来的普通女孩,穿着朴素的衣服,拎着棕色的旅行箱。能怎么办?似乎什么也办不到。祈祷也祈祷过了,弥撒也做过了,或者说莫尔的失踪至少是拐弯抹角地被科因神父提及。在一次简短的布道里,他含含糊糊、局促不安地提起了圣安东尼和圣裘德,丢失物品和无望事业的守护圣徒,这场小风波很快就被吸收进了村里的风波库存,又一件要被人时不时提起,追忆,叹息的事情。莫尔·格拉德尼,她去了哪里。只有上帝知道。

帕迪继续着早班，因为除了继续以外无事可做。下午和晚上他放牧饲养清点杰克曼家的牛羊，巡视农场围栏照旧做着他的工作，他每个礼拜五到他们家去拿自己的信封，埃伦·杰克曼照旧会说一句，上帝保佑你，只是现在更加真诚。人们还是照旧会跟他们闲聊，只是在失踪之后的几个礼拜气氛有点不一样，有点尴尬，有点迟疑。除了这些他们早就知道答案的没有意义的话之外还能说什么？比如说，有什么线索了吗？莫尔来信了吗？过度同情是不行的，因为那样帕迪也许会觉得他们在朝着自然而然的方向去想：莫尔·格拉德尼要么怀孕了要么就是死了，很难说哪个更糟糕。

基特·格拉德尼感觉自己被基督背叛了，但她克制了自己的脾气。她现在比以往任何时候都更需要他，也同样需要他圣洁的母亲，所以她要尽力站到他们正确的一边。每天晚上她走下小路沿着大路穿过村子，去往长山，抹大拉的玛利亚教堂自豪、无遮无拦地屹立在山顶，她跪在苦路十四处[1]每一座十字架下方冰冷的地面

---

[1] 天主教为缅怀耶稣受难而设置的崇拜路线，源自耶稣在耶路撒冷受难时背着十字架从彼拉多巡抚房到其受难被葬处所经过的道路。

上，无声地恳求，许诺，乞求，她的嘴唇在动但没有声音，她的眼泪要留给晚上，躺在床上直到黎明前最后一个小时才能断断续续地睡一会儿，她梦到自己再次年轻，把一个孩子抱到胸前，孩子仰着头用充满爱意的眼睛看着她。

她诅咒自己对世界了解太少。据她所知，这种事经常发生。她当然听说过那些故事，人们离家出走踏入世界从此杳无音信，但是通常来说如果你挖掘得更深一些就会发现一些关于土地或者金钱或者房子或者某种继承问题的争吵，或者那个一去不返杳无音信的人脑瓜里缺点啥或者有什么精神问题。基特不觉得莫尔脑瓜里缺点啥，也没有理由认为她有什么精神问题：她喜欢聊天，低头祈祷，开心了就唱歌，嘲笑那些从高处田野往下沿着大路向他们小屋走来的人们的大惊小怪和嘈杂交谈。她一直都那么亲切，优雅，端庄，得体，谦逊，是个非常非常好的小女孩。

基特怀疑是不是莫尔出生时出了什么问题，是不是当时种下的什么麻烦种子到现在才开花。当时她就有过怀疑但后来就她的问题得到的都是简短回答，还带着生气的威胁。在郡医院圣布里奇特产科病房工作的人才不会容忍劳工妻子的盘问。接生婆从格伦克鲁骑车来到这里之前,基特已经在家承受了很久的剧痛,接生婆刚到就问帕迪有没有车,当时他们显然没有,但帕迪说他能借一辆,她怒斥那还不快去,别在这两手一耷拉傻站着。他走过山顶田地来到杰克曼家借车,三个人一路开到郡医院,有一位医生和一位护士在那里等着,基特遭受了难以想象的痛苦,她看着钉在十字架上的基督凶恶、会意的眼睛,发现在这种时候就连那里也寻求不到慰藉。莫尔的第一口呼吸等了很久才来到,在她终于吸进那口气之后,随之而来的哭声又低又弱,几乎带着歉意,仿佛她知道自己惹了麻烦,害怕再惹出什么新的麻烦来。给,格拉德尼太太,接生婆说着,把那个粉红色的躯体放到基特裸露的胸前。小姐总算驾到了。还真是姗姗来迟啊?还真是让咱们遭了不少罪啊?

莫尔再次在她身边被拿走,基特静静陷入了黑暗,撕裂的会阴感染了,她发觉自己被人从黑暗中抬起,离开郡医院,站在一道花园大门前,手扶着顶上栏杆被太阳晒暖的木头,她正打算推开它朝前穿过树木之间一条柔软的草地小路,但一阵微风在树木间低语,一个叹息着的声音轻柔地说,回去,回去,你还要照顾你的孩子，她满身浸透汗水醒来，伤口撕裂，视野模糊，但能分辨出小小的房间另一端那个人是帕迪，脸色苍白，手里的帽子拧得变了形，她的母亲紧紧攥着念珠直到两手发白，嘴里说着，上帝保佑我们，现在她回到我们身边了，感谢上帝。

但是她不知道这里哪件事跟这个新麻烦有关系。一个刚到二十的小姑娘，打从摇篮里出来连口大气都没出过，突然之间，不管好坏，毫无来由就发了失心疯。亲戚邻居一点忙都帮不上：他们讲的那些失踪故事开头就糟结尾更糟，有的尸体从沼泽地里挖出来，有的尸体缠在泥泞河岸的芦苇丛里，有的尸体沉在阴沟或者水塘里。她真是想不通为什么会有人觉得当着她的面讲这些话没什么不妥。也许是为了让她作好心理准备，免得哪天警官和神父把可怕的消息传遍街头巷尾。她眼瞅就六十了，帕迪已经过了六十了，莫尔是他们的中年奇迹，上帝的微笑，现在她不见了，他们觉得肩头压上了可怕的重担，压着世上他们不知道的一切。

他们坐火车去了一趟都柏林。莫尔失踪几个礼拜以后。帕迪打算坐从村里到尼纳的那趟早班公交，走跟莫尔一样的路线，这样就能追踪她的足迹，但是基特说这太蠢了：等到晚上回来的时候他们会被困在火车站。他们会被迫打电话找人来接他们，你可不能这样麻烦别人。再说在早晨那个时间，跟工厂上班那帮人坐一趟车，听他们说闲话，有什么好处？那得多有面子啊，他们俩。给那些窃窃私语的笑话当笑柄，被人暗地里指指点点。于是帕迪叹了口气出去到车棚看看车能不能打着火，为早晨出发作准备，它毫不意外地只是咳嗽了几声，不管是爱还是钱都拿它没办法。

他走到商店装了一桶汽油倒进车里，他没能找到漏斗所以有一半油漏到了油箱盖下边的背板上，剩下的洒在裤子上，车棚里又黑又不顺手，车从一月中旬就一直停在棚里没动过。然而，它当然还是打不着火，他琢磨也许是碳棒受潮了于是把它们拆下来拿火烤了烤再依序拧了回去，不过这辆怄气的奥斯汀还是不肯发动，他拿锤子狠狠敲了油泵一下，顺利启动。他把杰克曼家的新空压机拖到车棚门口给轮胎打气，加满汽油，给轴承上了润滑油，好好擦了擦窗户，扫了扫坐椅。他发现一张蜘蛛网，从后视镜背后一直向下，最远连接到变速杆和后座置物板，阳光从板条开缝的地方照进来，照亮它的细丝，在黄昏的微光中如丝绸般闪闪发光，它的庞大繁复，细节的精巧和从中心开始完美的延展让他因愉悦和惊讶而战栗，不得不挥手毁掉蜘蛛的杰作让他差点心碎。

在都柏林的那一天漫长而又可怕。他们的计划完全行不通。走在不熟悉的大街上，尽全力记住自己走的路线以便能找到回来的路，这有什么好处？沿河岸走的时候还没什么，从火车站一路到四法院：阳光明媚，内陆的微风轻柔中带着点咸味，那些长着巨大钩子喙的海鸥也值得一看，争抢食物残渣，从河上屋顶上盘旋，俯冲，尖叫。但是等他们到了奥康奈尔桥，看到从河边到宽阔主干道熙熙攘攘的人群，头顶上傲慢阴郁的解放者[1]把杀人之手藏在石头斗篷底下，他们这才明白这一趟肯定是白费力气。即便莫尔真的在这些人当中，即便她在这里的某处，在这一大片公共汽车、拥挤人群、鸽子、海鸥、烟雾和河水的恶臭之中，他们也永远都找不到她；他们永远都不可能走遍这个陌生地方每一块坚硬

---

[1] 即这座桥名字的由来。丹尼尔·奥康奈尔，十九世纪爱尔兰政治人物、英国下议院议员。领导天主教解放运动，迫使威灵顿公爵的内阁于一八二九年通过天主教解放法，故有解放者之称。

的土地。

他们手里有个地址，基特的表姐在信里说陷入困境的乡下姑娘有时会去那里。基特读到**陷入困境**这个词的时候十分不安，因为她了解自己的女儿，她知道这是毫无疑问的，但她想，也许表姐想表达的是更宽泛的词义，那又怎样，别人怎么想又有什么关系呢？他们向格雷舍姆酒店大门口戴着高顶礼帽穿着灰色燕尾服的门厅侍者打听怎么去格兰比路最方便，对方用低沉的嗓音和浓重的都柏林口音手舞足蹈地给他们指路，白色手套在空中描绘着弧线和角度，他俩很难跟上他的指示，因为听他说话实在太有意思了。他俩牵着手走过大使电影院和纪念花园，先左转再右转来到格兰比路，一整排狭窄的灰色联排房，百叶窗将室内遮住，他们找到了基特表姐在信里说的那一栋，看起来和其他的一模一样。帕迪抬起门环，让它重重落在门钣上，响亮的敲门声吓得他后退了几步。一个女人出来应门，她面容和善，跟基特年龄相仿，身形也差不多，一口乡村口音不过不是他们那片的乡村，她没有从基特手里接过照片，而是用自己的手握住基特的手背，她看了看之后摇摇头说，没有，她没见过这个姑娘，但如果他们能留个电话号码或者通讯地址，她愿意把这当作自己的职责，密切留意，如果她真的遇到来自蒂珀雷里的莫尔·格拉德尼会立刻通知他们，愿上帝保佑他们。

他们简陋计划的第二步是找个中心地点，向过路的人打听。他俩谁也想不好该怎么开始，该怎么勇敢地走向陌生人询问他们见没见过一个叫莫尔·格拉德尼的姑娘，二十岁，棕色头发蓝色眼睛，这有一张她的照片，一年前照的，现在头发比这长一点。但是他们还是打起精神，沿着来途从格兰比路回去，站在邮政总局的雄伟柱子里侧，请人看看他们的照片，去年夏天在小屋前帕迪用柯达布朗尼相机拍的，她身后是新刷的白墙，头发从脸上向后梳，太阳照在她和女儿的白裙子上。一开始他们很胆小，不愿意靠近别人：大家看起来都很忙，知道自己要去哪，要干什么，大家的穿着看起来都很时髦，带着公文包、手袋和雨伞，尽管并没有要下雨的迹象。

但是过了一会儿，他们的胆子大了起来，离开邮政总局的层檐下去问那些停下脚步的人他们见没见过照片里的这个姑娘，有些人停了一会儿，眯起眼睛，把照片凑到眼前，基特和帕迪的心情会随着这短暂的希望而提升，但是照片总是会被递回来，伴随着摇头，或是道歉，或是同情的话语和表情，然后那个人就会继续匆匆忙忙地离开。一个高个子男人，穿着粗斜棉布牛仔裤、皮夹克，戴着一副像是两片紫色镜子的圆眼镜，一副有趣的尖锐嗓音，对他们的故事非常有兴趣，他问了许多关于莫尔的问题，帕迪不喜欢这个人看着莫尔的照片傻笑，听到故事的某个地方时还会笑出声，这个人说他们应该坐53路公交车去港口，在那里打听一下，找那些保安还有检票员之类，他们对他表示感谢，说会去的，感激他花了这么长时间还提了这么好的建议。但实际上，他们没有那个心力，也没有勇气去那里，所以他们沿着绿色的河流返回火车站，坐在长凳上，头顶悬着一个巨大的钟，用铁链挂在拱顶上，一直等到要上火车回家的时候。

都柏林之行并没有让帕迪好起来。他人生中第一次卧床不起，不如说他拒绝起床。不管基特说什么做什么都没法让他站起来。看着一个男人，尤其是帕迪这样体格的男人，躺在床上，大上午的太阳光透过窗户照在他身上，等着投递的邮件在下方的村里等着他，牛羊都在思忖它们的监护者去哪儿了，家里、院子、杰克曼家谷仓那么多零碎活儿还没干,真是太奇怪了——甚至比莫尔的失踪还要奇怪,因为至少失踪是无形的,看不见摸不着,因而纯洁,不可腐蚀,几乎是神圣的。基特把围巾紧紧地系在下巴上,走到邮局通知他们帕迪不舒服,第二天肯定不能来,布莱德·玛哈尔说没什么,真的没什么,他们去都柏林那天已经代过班了,再来一次肯定也有办法的,他肯定染上什么病了对不对?这么多陌生人的手和嘴。这么多人。里边就没有莫尔的踪迹吗?没有,基特说,她重重地拉上身后的门,玻璃随之震颤,铃铛剧烈地抖动。

她沿小路快步走回帕迪躺着的房子,穿过半截门,关上门之后把上下两扇门都锁好,仔细看了看后窗确认没有邻居从山上往下走,又看了看前窗确认没有邻居从山下往上走,然后她走进卧室,婚后生活中第一次愤怒地提高了嗓门,用尽力气。给我起来,以上帝的名义你给我起来,我不能允许,我不能允许,我不能允许自己出丑,赶快给我停止这种愚蠢的行为。帕迪·格拉德尼惊恐地从面冲墙的姿势翻过身,用一只手肘支起身子,瞪大眼睛大张着嘴,先把一只脚放到冰凉的地板上然后是另一只,他站起来直了直身体,看着自己满脸通红的妻子，她弓着肩膀，咬紧牙关，仰着下巴，一副准备打架的样子，在她转过身离开房间之前他都不敢伸伸胳膊腿或是挠挠痒。帕迪对妻子的怒火既感到震惊又感到感激，她叫喊的奇怪声音非常陌生，他很高兴他们的关系更进了一步，知道了自己的悲痛有限度，也知道了她对愚蠢的容忍有限度，帕迪下定决心，这将是她最后一次为了他而把自己折腾成这样。

    莫尔不在的第一个夏天，杰克曼家在安纳霍尔蒂沼泽订了四排泥炭，让帕迪替他们码放，堆积，运送，他可以留下四排里的一整排作为回报。帕迪说他会的，他很乐意这么做：他已经好多年没干过这活儿了，而人人都知道沼泽的空气能让人恢复健康。因此每天早上他送完邮件放好自行车之后，就开车沿磨坊路经格拉拉到基尔科尔曼，上利默里克路在基尔马斯图拉拐弯，上沼泽路，把车停在通向空旷草地的大门旁，然后走完最后一英里左右，来到松软的泥炭地，古老的黑化沼泽泥土，草皮上钻孔的笔直和刀口的整齐让他惊叹。

    每天开始工作之前，他都会用戴着手套的手在松软的地面上挖一个洞，把午饭埋在凉爽的地方，这样牛奶就不会在日照下变质，面包也不会在干燥的空气中变硬，然后他开始弯腰干活儿，把潮湿的泥炭条搬起来码成一堆堆整齐的垛，这样能让空气流通，让泥炭条干燥。在那盛夏的两个礼拜里，沼泽里还有其他人，但是地块的间隔都很远，所以他会在每天到达的时候朝地头挥挥手，离开的时候再挥一次，其他人也总是会挥手回应，因为没有人持续不停地晾泥炭：码泥炭时弯下去的腰每隔几分钟就得起来挺挺，这样能吸入一大口富含矿物质的甜美空气，还能看看周围的劳工，前方的费利姆山和后边探出头的守护者山的山顶，隔着隐蔽的河流看向克莱尔山和附近的阿拉山。想到基特就在那儿，在乌鸦飞往的东边几英里的地方，在这些山的另一边，他就很高兴，可能是在烤东西，或是在喂鸡，也可能是弯着腰，戴着眼镜，聚精会神地盯着店铺的账本和现金簿。更让他高兴的是，他知道还有可能，总有可能莫尔会比他先到家。先前离开他的快乐又一丝丝地回来了。

接着是最后一刀青贮饲料和两刀干草，干完这些活儿之后泥炭也干了，可以装袋放到拖拉机拖车里拉回去了。杰克曼家的独子安德鲁，被派来跟帕迪一起装袋装车。帕迪一直觉得他是个好孩子，是个不错的小投手，但他发现，这孩子最近有点厚脸皮，有点狂妄自大。上礼拜他去找给草圈栅栏新买的那捆铁丝的时候，这孩子叫他自己找。帕迪也不喜欢他到处吐口水，留着长头发，还老是跳进拖拉机座位，粗暴地换挡，开得太快也太远，把帕迪落在后边好几步以外，一手拖着一个装着泥炭的化肥口袋。这让他的胳膊腿遭受了不必要的损耗，更别提这孩子不经允许就擅自开动拖拉机这事了，尽管在他这个年龄，他的个子很高发育得也很好。

他大声跟这个小伙子说，不准再胡闹了，离拖拉机远点，没叫他干的事就别干。小伙子站在拖拉机拖车车斗里，低头看着他，帕迪为自己尖锐的话语感到抱歉，因为那孩子的脸上掠过一丝痛苦的神色，但很快就被愤怒的阴沉影子笼罩。小伙子从拖车车尾跳下，走向帕迪的位置，慢慢地、笔直地走向他，说，去你妈的，帕迪，帕迪吃惊到嘴里发干，这孩子龇着牙，眼里闪烁着怒气，帕迪想起了柯利牧羊犬幼仔的声音、气味、流着口水的样子，这个时候他懂了牧养牲畜的感觉，被吠叫被驱赶，胆怯又害怕。这个被偷换的孩子[1]又开始说话

---

[1] 民间故事中被仙女偷换之后留下的孩子。

了，他的脸还是紧靠着帕迪的脸，帕迪在这个美好的仲夏通过他们那套点头、挥手、眼色的无声语言认识的一个人在远处站直了身体，往后拱了拱腰伸展一下。在这个时刻，帕迪嫉妒那个人的孤独，他对身旁空无的掌控，他那小小的领土，因为面前的这个男孩，这个他从小就认识的长发麻子脸少年，在对他说，你是个仆人，帕迪，就是这样，你不过是个乞丐，我母亲和父亲随时可以把你从我们的土地上赶走，我想什么时候开拖拉机想去哪儿都可以。他朝帕迪脚边的地上吐了口口水，转过身抓起一个装满的口袋，举起来扔了出去，袋子就这么乱糟糟地落在拖车车斗里，他停了下来，转过身说：怪不得莫尔滚蛋了，离开了你。帕迪沉默了，一动不动地站着，直到他的心脏平静下来，跃动的银色星群从他眼前消失，他感觉到疼痛的背上传来一丝凉意，这阵微风来自遥远的海洋，吹过母亲山吹到了沼泽。

在他们沿着慢速道开回家的时候，男孩大胆而自豪地坐在车的内轮拱罩上，轻轻抓着把手，唱着不知什么歌，同样的歌词来来回回。他根本不是唱歌的料，那也不是帕迪熟悉的歌，他尖厉的嗓子盖过了拖拉机油滑的轰鸣，但帕迪始终保持沉默：男孩突如其来的恶语让他震惊得说不出话，他害怕了，有生以来第一次害怕另一个人。他感觉自己缩成了渺小的一团，他看到未来有一天，杰克曼家庞大基业的缰绳交到了这条咆哮小狗手里，他被赶了出去，基特也被赶了出去，他们的小屋被夷为平地，地基的石头被一块一块挖出来，地块被压平种上植物，放牧漫不经心的牲畜，被不知道他们存在过的人们走过。他看到莫尔，站在小路的尽头，回到了已经消失的家，不知道自己是不是走错了地方。他看到她走回大路，再次离开，永远地离开。

帕迪·格拉德尼感觉到六十一年来的每一天给他带来的损耗，而且还不止于此：他觉得自己老了，垮了，无精打采，死气沉沉，仿佛他或者他的人生毫无意义，仿佛他只是一个由老骨头、软骨和肌肉组成的干瘪皮囊，它们靠着自己的记忆而不是他的指示在运转；他是死是活，对这世界或世界上的任何人来说一点关系都没有；有几十、几百、几千、几百万的生物能骑自行车把信封递交给收件人或者把它们塞进信箱里，能在早晚巡查土地，清点并喂养牲畜，修补各个地方的栅栏，如果不是身为父亲，他这个人还有什么用？唯一的孩子都离开了他，远离了他，杳无音信，走了，不见了，找不到了，他凭什么自称父亲？

然而，时间是无情的，残酷的，它坚持着自己的繁殖，可怕的自我复制，一刻、一刻又一刻。同样无情的还有那些填满它的东西，那些零零碎碎聚到一起变得不可忽视的东西，那些占据了大部分思绪的东西，那些在潜意识里等待着的东西，那些不能忽视或者放着不管的东西：信件和包裹，小羊和小牛，栅栏和标杆，鸡和灌木丛，弥撒和忏悔，失踪的女儿，愤怒的儿子和地主的继承人等等，还有约阿拉拉墓地的阴冷角落和那里覆盖物丰厚的土壤，随着岁月的流逝和落叶而变黑变厚，等待时机，等待被翻开，等待暴露，等待接纳。

在他们亲爱的莫尔坐上去尼纳的公交车，去都柏林的火车离开之后的这些年里，帕迪和基特·格拉德尼过着庄严的破碎生活：劳作，祈祷，越来越渺茫的希望，地球旋转，月亮圆缺，雨水落地，太阳照耀，他们的心情随悲伤变得越来越沉重。整整五年过去了，时间继续推移，春天的一个礼拜五，湖面的微风向着山上吹来，太阳明媚地高挂在天空，帕迪·格拉德尼在半截门边拿刮刀清理靴子，他转过身，看到他的女儿站在院子的另一端，关上了她身后的大门，像乖女儿应该做的那样，和她一直被教导的那样，他闭上眼睛，睁开后看着小路边渐绿的灌木篱笆墙，上边生长的嫩芽和绽放的花苞，羊圈里新生的洁白羊羔，昂首阔步的公鸡和生气的咯咯叫的母鸡，还有从他站着的半截门这儿一直延展到小路尽头大门处的肮脏小道，他的女儿就站在那里，回望着他，像孩子一样羞涩地冲着他微笑。

士师记

JUDGES

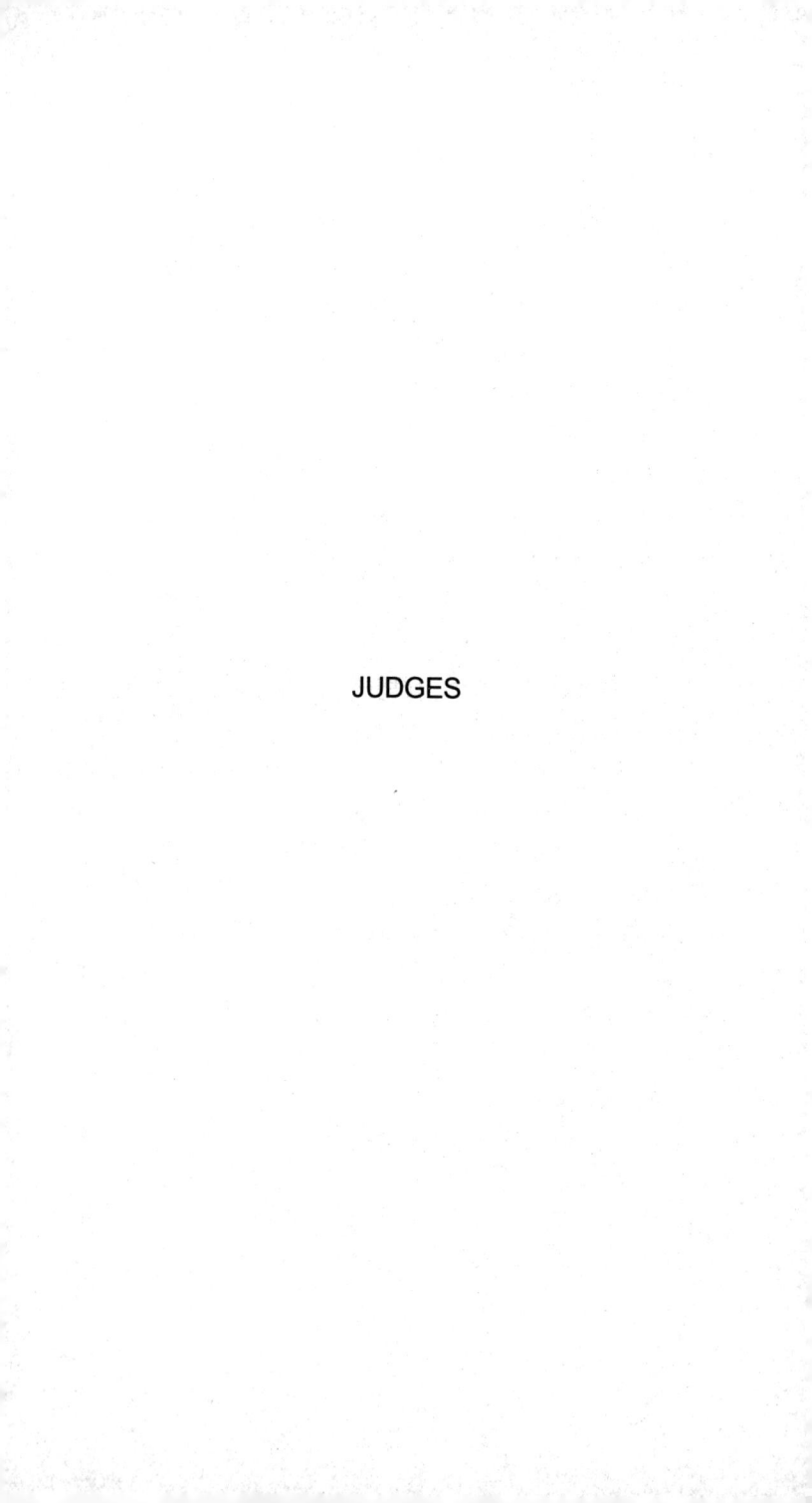

起初，基特害怕那只是幽灵，不是莫尔的肉体而是她的灵魂。她向那张熟悉的脸庞慢慢伸出手，感受莫尔脸颊的温热和眼泪的潮湿，然后把手收回到自己的脸前，她能品尝到手指上女儿眼泪的尖锐咸味，她看到女儿的眼角已经长出皱纹，颧骨向外突出。就像多马质疑基督的复活，她再次握起莫尔的手，看着它们，把它们翻过来，仿佛在检查她的圣痕，她痛苦的痕迹，可她并没有找到，她把这双珍贵鲜活的手放到她丈夫的手中，女儿和父亲的手彼此相握，没有人在此刻说出一个字，而片刻之前帕迪的喊声似乎仍在谷仓的山墙上回荡，顺着山坡平缓的斜面传到村庄，又传回到山上，基特，基特，出来，快出来，她回来了，她回来了，她回来了。除了这句，此刻还有什么有用的话可说呢？她回来了，她看起来是完整的，世界又温暖了，又充满了生命和光明。

在最初的几分钟、几小时里，他们简直诚惶诚恐，充满对这个奇迹的超自然的敬畏之情，并不是十分确信她是真实存在的。他们把食物放到她面前，还有水、牛奶、白兰地和茶，失踪五年的姑娘们都喝什么呢？谁知道呢？他们分坐在她两侧，在她吃东西的时候望着她，他们注意到她下巴的棱角变硬了，耳朵上有穿孔的痕迹，头发的厚度和长度和以前没有过的波浪，她穿的裙子的色调很暗，而且很短，所以她坐着的时候腿几乎完全暴露。还有她左手上的戒指，不是在她的无名指上，而是在旁边的中指上，一个金戒指，上面有两只铸造的小手抱着一颗作为中心装饰的金心。他们俩都在不停地哭，心不在焉地擦拭着眼泪，在他们的脑海中，各种问题纷乱地挤成一排，还没来得及说出来就被一个接一个地赶走了；任何问题都不足以成为问题，任何答案都无法改变此刻的事实，这个女孩就在他们的餐桌上，没有淹死，没有被谋杀，也没有被囚禁在某个地方，而是坐在这里吃饭，漂亮而安静，她的故事可以讲出来，也可以留在她心里：无论哪种方式，他们都将活下去。

帕迪想爬上钟楼，从那里爬到抹大拉的玛利亚教堂的尖顶上，再爬到顶上的十字架上方，挂在上面，向村庄、山谷、山丘、河流和湖泊呼喊，她回家了，她回来了，她安全了，每一滴眼泪都可以擦掉了。但在小路的半路上，他克制了自己。村子里有一些悲伤的事情永远不可能这么快、这么完全地被治愈。在莫尔走后的五年里，教区各乡镇的伤心事增加了很多，有些是由于时间的刀锋，来自它那可怕但早有预期的抹杀，有些是来自不太自然的事情：两个年轻的小伙子在不到一个月的时间里相继自杀，没有留下任何线索说明原因；一个婴儿出生后不久就丢了；一个孩子还很小的男人在圈里被一头公牛压倒，人废了，再也无法恢复了。帕迪不能一路大肆宣扬他的幸福。他不会因此而得到感谢。于是，他在中门停了下来，也就是小路随山势下降而弯曲的半山腰那里，他在橡树树荫下的台阶上静静地坐了几分钟，听着草地上的沙沙声，听着鸫鹟和麻雀的啼叫声，听着新生羊羔快乐的咩咩声，听着母牛为自己被宰杀的小牛发出的可怕的低沉哀鸣声，思考着怎么宣布这个消息才是最好的。他思考的结果是，没有办法知道这件事怎么做才对，也没有办法知道怎么才能减轻他的命运逆转可能给别人带来的伤害与冒犯，于是他转身面对西沉的太阳，沿着小路回到家里，他发现他的女儿正在睡觉，他的妻子跪在床边，低着头，手指并拢，默默祈祷。

莫尔从尼纳坐车出来，司机还不认识她，因为他是新来的，是个镇上的小伙子，足够讨人喜欢，但屁股太窄了完全坐不满弗兰基·威尔士退休时在驾驶座的裂纹黑胶上留下的凹痕。但她已经被巴利莫伊兰的几个人看见了，他们模模糊糊地认出了她，其中一些人在巴利莫伊兰山下的格里森商店里提起了这事，更多的人在巴利莫伊兰山顶的肖尔代斯商店里提起，他们完全可以肯定，几年前失踪的那个来自诺克高尼的格拉德尼家的女孩从尼纳出来坐了车，在通往格拉德尼家的小路下方的十字路口下车。从那里开始，这个小道消息迅速下山传回了村里，在各家各户、本堂神父住所、酒馆和商店里进进出出，最后，一个小代表团在水泵边上组成，由三个熟悉这件事的人组成一支先遣队，他们将沿着小路走到格拉德尼小屋一探究竟，一个更大的团体将坚守在水泵边上等待消息。这时有人想到了杰克曼夫妇以及他们对格拉德尼家的事务和小家园的业主权益。在他们踏上小路之前,是否应该出于礼貌从邮局往他们家打个电话?隐隐约约这是正确的行动方案,但没有人确切地知道为什么。这是一个新的领域,谁也不知道该如何绘制地图。就在帕迪·格拉德尼从小路转弯处门边的台阶上站起来,转身回家的那一刻,会众们失去了集体的勇气,带着半心半意的决心,提出并同意他们将拭目以待,周日的弥撒将说明很多问题,大家纷纷散去,没有人敢在那天去看离家的女儿是不是真的回来了。

因此,在那个礼拜五的下午和第二天,基特和帕迪度过了一段近乎完美的平静时光,关于莫尔去了哪里,做了什么,为什么没有写信给他们,至少让他们知道她还活着,以及当初她为什么要离家出走,这些不断涌现的问题并没有比吹过半截门上空的微风带来更多烦恼。他们可以就这样看着她,看着她睡觉,听着她均匀的呼吸,她呼气时发出的轻轻的口哨声让基特怀疑这个女孩学会了吸烟,但那又怎么样呢?回来后的第一个晚上莫尔一直在睡,天空中的月亮巨大而明亮,基特和帕迪并排躺着,柔和的银色光芒洒在床上的毯子上,帕迪紧紧握着基特的手,基特一遍又一遍地轻声说,感谢上帝,感谢上帝,他们无言地达成了一致,以短暂的替班轮流入睡,因为担心莫尔会在他们没有听到她离开的情况下再次起身离开。新的一天来临时,莫尔还在睡觉,她的父母就站在她的床边,以两个人看待新生儿的那种神圣的好奇和肆意的爱凝视着她。

那段时间里她一直在英国。她简略地给他们讲了她的故事梗概,她坐在床上,穿着她的睡衣,那是一件旧睡衣,基特把它和她留下的其他衣服一起洗过并晾干,因为她似乎是空着手回来的,或者差不多只是肩上细细地挂着一个长带子小包。她穿着洗过的睡衣,看起来是那么美丽,那么天真无邪,她身上几乎看不出半点五年时光流逝留下的痕迹,她说话的声音一如既往的轻柔而羞涩,过去正是这种语调让基特感到满意,因为她养大了一个既不会胆大妄为,也不会厚颜无耻的女儿,同时也感到绝望,她最终会成为一个老处女,没办法抛头露面引人注意,吸引到一个正派的男人。基特坐在床上,在她身旁握着她的手,而帕迪则尴尬地坐在床的同一侧远处,以一个别扭的角度拧着身子,以便在她说话时能越过基特看到莫尔,父母都没有打断这首甜蜜的歌,因为他们担心它永远不会再唱了。

她曾在一家酒店的餐厅工作,那是个巨大的地方,大厅比教堂还大,吊灯像一串串从天花板上低垂下来的星星,高得几乎看不到它。在那之前她在一家食杂店工作过,那里有高高窄窄的过道,摆满了各种奇怪食物的包裹和罐子,这些食物每天都由卡车运来,由叉车卸下。开叉车的是个爱尔兰人,但来自靠近北方边界的卡文,他说话的方式很滑稽,总是把话拉长,还没等他说完一句话整个茶点休息时间就结束了。开店的人来自巴基斯坦,但他是如此善良,你几乎会认为他是爱尔兰人,他每天都要跪在垫子上祈祷好几次,因为他是穆斯林,几乎所有的顾客都是,伦敦的很多人也是。那里有各种肤色、体型和体重的人,有把围巾高高地系在头上的人,有穿长袍的人,有看起来像女人的男人,也有在手臂和脖子甚至脸上和头上都有文身的人。帕迪·格拉德尼在听他女儿说话时,突然感到一阵寒冷,皮肤上有一种爬行的感觉,指尖和脚趾也有一种刺痛感,一想到他唯一的女儿所面临的危险,他就心有余悸。在一座巨大的城市里,在一个陌生的地方,到处都是不认识也不能信任的人，他们会不会抢劫她，或割断她的喉咙，或玷污她，或把她从桥栏上扔进某条肮脏的河里。

他们让她讲了又讲，她从床上起来，穿上自己的旧衣服，往厨房走去，在壁炉旁自己的老位子上坐了下来。看到她坐在过去一直坐的地方，火光照耀着她的牛仔裤和上衣，那是她离开前的圣诞节在基特尼纳的高夫、奥基弗和诺顿商店里为她买的，现在穿在她身上也许有点大，但仍然很合适，这让基特·格拉德尼几乎无意识地把手放在胸前，轻轻捶打着心脏位置表示感谢。莫尔确实学会了吸烟，他们对此没有发表任何意见，但基特看到她第一次从她那破旧的小手袋里掏出烟盒时是多么羞涩，她划动火柴时手是多么颤抖，她把过滤嘴香烟吸得发光时是怎么斜眼观察他们的，她是怎么随着第一天时间的推移变得越来越大胆，吸烟对她来说已经成了一种习惯，成了她的第二天性。基特看到帕迪是怎么和她一起吸烟的，尽管他从来没有真正地吸过烟，只是为了让她安心，可爱的、愚蠢的帕迪，总是尽最大的努力来减轻别人的痛苦。基特看着，听着莫尔讲着一个又一个故事，讲述她在食杂店和酒店里遇到过的、共事过的、服务过的各式各样的人，还有她住过的由来自卡文的叉车司机的表弟经营的小旅馆。基特看着莫尔的眼睛，火焰舔舐着明火上的烤锅，照亮了她的眼睛，她坐在壁炉旁的老位子上，帕迪在对面坐在远处的座位上。基特看到在讲述每一个故事时莫尔的眼神都在帕迪的脸上寻找赞许，而这些故事都没有讲述或揭示任何东西，真的，关于她当初为什么离开，以及以所有美好和神圣的名义，她怎么能让她可怜的父母经历五年漫长的活生生的死亡，然后大剌剌地进门，抽着烟卷，大谈特谈关于巴基斯坦人、吊灯和来自卡文的叉车司机的愚蠢故事，却没有最起码的礼节来解释自己，请求原谅，在他们面前跪下忏悔。但基特把这种厌恶感从自己身上推开，推倒，推掉，她揉着面团，照看着烤锅里的羊肉，看着女儿和丈夫的幸福面孔，她没有打破幸福的沉默，她让自己暂时不去思忖所有的原因和理由，终于，她让自己纯粹而安静地沉浸在满足和喜悦之中。

第二天早晨，也就是莫尔回来的第一个礼拜天，宁静被打破了，他们纯洁的欢乐被玷污，不过这是意料之中的。世界总会找到道路回来。弥撒前两小时，正当帕迪巡视完土地后坐下来喝茶的时候，乔西·霍尔瑟出现在敞开的半截门前。他沿着小路径直走了上来，开了大门又关上，穿过院子一直走到半截门前。他们没有听到他，甚至连狗都没动一下。他站在那里什么也不说，只是用他那无礼的泡状眼睛往里看，就为了**假装**开个玩笑，就为了寻开心。直到基特从门对面的梳妆台上转过身来看到那个高个子浑蛋，吓得大叫起来，叫声吓得莫尔从壁炉旁的座位上跳了下来，她一直在那里烤着火烘干头发，而帕迪则把一口茶吐回了他的杯子里。教区里有那么多人，结果一个像乔西·霍尔瑟这样卑贱的人，这个盗贼的后代，他血管里的血受到过各种各样的污染，是教区里第一个看到莫尔的人，至少第一个确定是她，她没有死，而且回到了文明人中间，没有受到伤害以及，上帝保佑，没有受到玷污，这难道不是可怕的耻辱吗？

乔西·霍尔瑟看到他给他们所有人带来的惊吓之后放声大笑，然后讲了一个老故事，这是他悄悄拜访的某种借口，他的马车轴上的轴承不见了，帕迪能不能在有时间的时候打个电话到拉巴希达，帮他看看。但基特知道，而且这个念头在她心里燃烧，他是来看看，来打听的，也许这个全教区最长、最歪的鼻子正适合第一个推门进来，嗅探消息。

基特每天都在想象莫尔的归来，她的想象有各种各样的形状、色彩和声音：杰克曼一家穿着最好的衣服从大房子里走下来，他们的孩子在身后排成一排，按身高顺序排列，每个人都拿着一个包好的关节，这样一来，携带部分的总和就是一头被宰杀的小牛；商店的玛丽和她的丈夫以及镇上的邮政局长从村里庄严地列队而来，帕迪的全体邮递员同事都穿着光鲜的制服，神采奕奕地踩着闪亮的自行车，没有货物的负担，慢慢地骑行在一支闪亮的铜管乐手欢迎仪仗队后面；整个村庄和每一个乡镇，从阿拉山的远方到湖的长岸，男人、女人、孩子和野兽，在穿着闪亮法衣的科因神父的带领下，在小屋旁汇成一个紧密的包围圈，唱着歌，为少女回归的喜悦献上赞美和咒语。而她总是对她的幻想感到自己很愚蠢。她那对愚蠢的感觉现在难道不是完全得到了证实吗？莫尔欢迎委员会的现实是乔西·霍尔瑟在门顶上窥视着，撒谎说什么滚珠轴承的事。

他被放了进来，但没有得到欢迎。他被晾在一边，只得到了帕迪答应他第二天早上巡视结束后去找他的允诺，他被问到有没有轴承来代替丢失的那个，帕迪说有，而他那双畸形的眼睛一直盯着莫尔。莫尔害羞地低下头，紧张地抓着自己的头发，仿佛时间根本没有流逝，仿佛什么都没有发生过，在那一刻，她和过去的自己如此相像，外表和举止以及抱着头的角度都是如此。乔西·霍尔瑟现在正把重心从一只脚转移到另一只，帕迪站在乔西和莫尔坐着的火炉之间，乔西不得不从帕迪身边探出身子才能重新看到她，他说，你好，莫尔，很高兴看到你回来。从你的旅行中回来。我们都在祈祷你平安归来，我们都在祈祷。听说你又回到了我们这里，大家都很高兴。莫尔对他表示感谢，感谢他的祈祷和良好的祝愿，他转向帕迪，然后又转向基特，他的眼中闪过一丝责备的光芒，自尊心受到了伤害，还有冒犯，他说，好吧，那么，我该走了。他说**那么**时语调有点重，这样别人就不会错误理解他的情绪。他在走出门口前回头对他们说，现在走回家也没什么意义了，因为我一到家就得转过头去做弥撒，所以我想我会沿着小路去村里，看看我能不能在那里做完早上剩下的事情。他责备的目光里现在夹杂着难过，投向桌子上茶壶套里冒着热气的茶壶，还有炉子上平底锅里的熏肉片，他把受伤的肩膀蜷缩起来，把指头细长的手伸进肮脏破旧的口袋里，然后离开了。帕迪觉得自己听到了他把院子门关上时的清嗓声和吐痰声。

这时莫尔宣布她不想去做弥撒。基特从炉子旁看了看帕迪，帕迪从半截门旁回头看了看基特。没人说话没人回答。对于这样的宣告能有什么回答呢？基特抬头看了看圣心，在他那张甜蜜的受折磨的脸上寻找答案，却没有找到。帕迪用右手的手指紧紧握住左手的手指，用拇指肚在结婚戒指的黑色扁平石头上揉来揉去，他透过后窗向上坡望去，看着远处的草地和树木以及费利姆山和守护者山两座山冈的顶部，惊讶地发现守护者山峰顶上有一抹雪。他心想，厚重的云层一定是一夜之间从北方飘过来，并在黎明时分再次散去，因为天空是清澈而明亮的蓝色。上帝啊，现在乔西·霍尔瑟已经让大家都知道那是真的，莫尔·格拉德尼已经回来了，如果不带上莫尔，他们怎么能进教堂呢？

但他们没有跟莫尔争吵，让她回到自己房间的床上去，他们勇敢地去了抹大拉的玛利亚教堂。他们慢慢地走在小路上，确保自己走在漫长山丘之道上坡的队伍末尾，他们小心翼翼地从教堂门口后排站着的人和园丁旁边走过，假装没有注意到任何人，朝含糊的方向点了点头，这样就没人能肯定自己被完全忽视了。他们轻轻地坐到倒数第二排他们习惯的座位上,在十字架的第七站下方,雕刻着基督第二次在苦路上倒下。在帕迪看来,基督似乎恶狠狠地盯着他,说道,看哪,帕迪,看我为你遭受了什么,你这个罪人,厚颜无耻地没有带上你的女儿,我把她安全地送回来给你,我把她从一个黑暗和没有上帝的地方轻轻抱起,带过大海,而我却在这里,倒在这个我将被钉在上面的十字架之下,没有人帮助我站起来,我的朋友西蒙因为帮助我而被罗马人抓走,我像我的父亲一样肯定,我会收拾你的,帕迪·格拉德尼,我很快就会减轻你的咳嗽,我会为此报复你的,帕迪,你就看着吧。让你的女儿睡在她的床上,不来做弥撒。你和那个犹大一样坏,你背叛了我。基特突然把手放在帕迪的手臂上,她捏着他的手臂,轻声说,帕迪,帕迪,你怎么了?帕迪·格拉德尼看到一滴眼泪从他的脸颊滴到了他的礼拜日的裤腿上,在那里暗暗地闪着光,就像被荆棘刺穿的额头上滴下的一滴血。

他们在领完圣餐后就直接出门走了,那些落在后面的人拖着脚让路让他们过去,嘲笑地看着他们,虽然基特一直认为提前离开,不等到最后的祝福,即使不是真正的罪过，也近乎于一种侮辱。但有时必须这样做，她决定在念完玫瑰经后加做一次忏悔来弥补，并在下一次祈祷后点上三根蜡烛，然后他们匆匆走下长长的山坡，向小路的岔道走去。帕迪诅咒自己没有想到穿过教堂前的马路，爬上台阶穿过柯利的田地回家，因为就在他们到达山脚下的时候，一辆汽车停在他们旁边，帕迪用余光看到那是一辆侧面平坦的豪车，这当然是杰克曼夫妇的，开车的是埃伦·杰克曼，她的四个孩子中有三个在车上，都是女孩，从童年后期到成年初期不等。没有看到卢卡斯·杰克曼和他的独子，但人们都知道，他们每周日一起去做尼纳的一点钟弥撒，据说卢卡斯和科因神父在某些问题上难以达成一致，卢卡斯不愿意取悦他，坐在那里听他喋喋不休。杰克曼家的四个女人都在朝车外看着这两个叛徒，他们满脸通红地站在路边，帕迪手里拿着帽子，基特内疚地摩挲着她的使徒书信，埃伦·杰克曼用相当严厉的声音说，她要去他们家，她要亲眼看看这个幽灵，如果他们愿意的话可以挤进来，或者可以跟着她上小路。没有什么可以回答的，因为并没有人问过问题。基特和帕迪很清楚，没有办法阻止埃伦·杰克曼把车开上她丈夫所有的小路，那条小路穿过她丈夫的土地，通向一间小屋，那是她丈夫的合法财产，也是她丈夫的父亲和他父亲的父亲的财产，一直上溯至时间迷雾的尽头，尽管忠诚勤劳的格拉德尼家族已经在那里生活了好几代。

基特和帕迪默默地沿着小路往上走，他们的心怦怦直跳。更多的新情况。这些天来，有很多新情况，他们年老的腿无法走较远的路，他们年老的心也无法承受。没办法知道她们说了什么。埃伦·杰克曼是个善良的女人，但也很严厉，生气时说话就会像鞭击一样。但莫尔能冒犯到她什么呢？在过去的五年里，她对他们只有同情，话不多，但总是安慰。她送来羊骨节、羊肉和小牛肉，还有黄油和奶酪块，以及一篮子又一篮子满满的她自己做的罐装蜜饯，做得比以前更频繁。但是，当然，埃伦·杰克曼也会像其他人一样假定莫尔已经永远消失了；她不会像基特和帕迪那样产生希望的冲动，她为什么要这样做呢？她有很多自己的生意要照看，有很多自己的孩子要爱护和担心。莫尔·格拉德尼对她来说只是一个来自雇工家的女孩，来自一个道德高尚但地位低下的家庭。因此，她现在气冲冲地赶到他们家，脸上带着杀气，按她自己说的那样，去看这个幽灵，这说不通。

她把她那辆豪车弃置在小路拐弯处橡树下面的硬地块上，中间的仿佛大门一直开到水沟，它就像被人气冲冲地用力推开，这也说不通。帕迪耳朵里听到一阵敲击声，就像是巨人在草地上的脚步声，随着他接近小屋，声音越来越大。

走到院子门口时，他们看到那三个女孩正闷闷不乐地站在鸡圈附近，看着那只梳毛的公鸡烦躁地挠着地面。帕迪不禁注意到，大女儿变得多么有女人味，她那条夏日风情的裙子在轻风中紧紧贴在身上，她的头发被轻柔地从脸上撩起，于是她把手举起来梳理头发，随着这个动作裙摆轻轻飘起。他责备自己，告诉自己在这一系列事件的可怕和突如其来的重压下，他已经暂时疯了，尽管其中有一件事是快乐的，他用余光看了一下，看看基特有没有发觉他在看，有没有觉察到他的可怕想法。基特比他自己更了解他，他认为比上帝本人更了解他，而上帝坐在每个人的灵魂中心，通过人的眼睛看世界。但基特比他早了一步左右，正向半截门走去，根本没有注意到杰克曼家的女孩，帕迪看到她的使徒书信已经收进了口袋，两只手握成了拳头，好像一个要去战斗的人，他的心吓得在胸口跳了起来。他听到厨房里传来一个高亢的声音，不是埃伦·杰克曼的，是莫尔的，其音调、语气、音色和音量都是那么令人震惊和陌生，但又是那么熟悉——还是个婴儿在夜深人静时哭着要妈妈的乳房以来，她就没有发出过这么大的声音。埃伦·杰克曼背对着他们站在半截门和壁炉之间，而莫尔站在炉火的橘黄色火光下，她的头发莫名其妙地还湿着，尽管她是在几个小时之前洗的，头发一缕缕挂在她的脸上，她的脸红彤彤的，眼睛冒着火，她告诉埃伦·杰克曼，滚开，管好她自己的事。她，莫尔·格拉德尼，不是任何人的财产，她不受任何人的约束，莫尔又对埃伦·杰克曼喊道，让她一个人待着，让她一个人待着，她的声音很高，哭得很伤心，她再次喊道，走吧，埃伦·杰克曼，你回到你的豪宅和你的好丈夫那里，做你的忏悔，我就留在这里做我的。

埃伦·杰克曼脚跟一转，牙齿咬得紧紧的，脸上充满怒气，她的眼睛闪着湿润和危险的光芒，她冲出门外时差点撞到她们，门被铰链撞了回来，重重地撞在斑驳的白墙上，埃伦·杰克曼的女儿们跟在她身后，杰克曼家的所有女人都大步沿着小路往回走，摆动着手臂，就像一队要去打仗的士兵。帕迪喘不过气。基特也是。帕迪的眼睛由于惊吓而几乎失明。基特也是。他们都不知道能说什么。他们都无法把目光从这个滴水的女孩面前的地板上移开，把目光投向这个被偷换的孩子，这个鬼魂，这个似乎从地狱之口送回来的生物，它变成了他们亲爱的、离去的莫尔的样子。魔鬼在他们身上玩了一个多么可怕的、邪恶的把戏！这个世界是多么残酷，上帝哪，他们现在在上帝和子民面前是多大的笑话啊，他们这么容易被愚弄，这么容易被引导去相信他们所有的痛苦都消失了，他们被报以命运的微笑，他们得到了神圣的回报，他们的孩子被送回来了，而他们一直都在被诅咒，现在又被再次诅咒。基特首先抬起脸，在她内心深处期待着看到那个莫尔形状的生物已经变成烟雾或一堆灰烬，重新回到了火焰之中，而帕迪接着看了看，他发现，不，它没事，它还是莫尔，它还是他的女儿。她在拼命地抽泣，她的肩膀在上下摆动，她的脸在某种痛苦，在某种不可知的激情中扭曲，她亲爱的双手紧紧地抱着脸的两侧，仿佛要把自己的两半抱在一起，是她，肯定是她，感谢耶稣，是她。他知道，不知何故，通过某种完美的、无法解释的爱的力量，他的妻子也知道，他们的女儿出了问题，在她的身体里，她现在是完整的，但只是将将完整，而且她有可怕的、可怕的麻烦。

想到莫尔和埃伦·杰克曼之间的冲突以及愤怒的来源时，他们的想象就会成形，他们能够，只是在迫不得已的情况下，把那些黑暗的画面和半成形的想法放在脑后，或者几乎完全打消。他们有一个神圣的责任，要把他们的思想，他们的心和他们的手放在上帝分配的工作上：照顾他们的孩子。埃伦·杰克曼，在这所房子里被人用亵渎的语言称呼，带着没有先例或任何明显原因的愤怒，被这个孩子咒骂。他们很容易因为这事被赶出去。他们可能会像修补匠一样在路上行走，在公共土地上用树枝搭建帐篷。

几年前他在沼泽地里与杰克曼家的男孩的争吵声在帕迪的耳边清晰而真实地响起：你是个仆人，帕迪，你就是这样，你不过是个乞丐，我母亲和父亲随时可以把你从我们的土地上赶走。尽管当他们下次见面时，那个男孩显得很羞愧，并似乎深情地称呼他为帕德，但他的侮辱所带来的刺痛感从未真正缓解；回想起来他的话仍然很刺耳，而且帕迪一直觉得自己在那个男孩身边就像一条老杂种狗，院子和谷仓的捕鼠狗；一只可以轻易宠爱也可以轻易踢走的生物，完全可有可无。在他们的厨房里，在他们的炉火灯光里上演的这可怕的一幕并不是扳回了一分。埃伦·杰克曼不会知道帕迪被她的安德鲁骂了，就像她被他的莫尔骂了一样；她也不会知道，除非帕迪身上的螺丝被拧紧到超出了他的承受极限，而他估计自己能承受很多；所以必须进行清算，进行忏悔，进行赔偿，但不在今天。

莫尔现在安静下来了，基特强有力的手臂搂着她，她们并排坐在壁炉边的座位上。帕迪无能为力地站在那里看着他们，他们的心都慢了下来，回归更平静的节奏。一缕阳光突然从高高的后窗玻璃外射进来，扬起的尘土慢慢落了下来。基特让他把水放到炉子上，不要站在那里发呆，帕迪知道她对他的不耐烦，她温柔的轻蔑声音都是假装的，是让事情看起来正常和不戏剧化的办法，但它还是起了作用，他感觉到了宽慰。

第二天早上，帕迪在巡视时勇敢地走进了杰克曼家。他们有邮件，但没有什么笨重到不能放在他们房子外的高墙上螺栓固定的金属信箱里的东西。他打开大门，在身后把门关上，然后骑车沿着弯曲的车道来到房前，一边骑车一边在心里默默记下，那个礼拜要给他们的草坪做第一次修剪,并照料好他前年铺设的花坛,以免杂草占了上风,防止合适的多年生植物在有机会建立自己的地盘之前就被扼杀。这时他想到在杰克曼家的花园,或在他们的土地上,或在他们家的门口,他可能再也不会被欢迎,他感到自己的身体开始颤抖,他紧紧抓住车把让自己稳定,他练习他个人和受托忏悔的讲话,他向天堂送出简短的祈祷,请求任何宽大的圣人,或他的母亲和父亲,或任何可能对这些事情感兴趣,及对人类的行为和他可怜的命运的变化有任何影响的人来作调解。

帕迪走到房前时,埃伦·杰克曼正穿戴整齐从门廊走来,她身边还有一个女儿,看起来是中间的那个,但她们不在一起时很难分清谁是谁。埃伦·杰克曼让女儿去车里等着,她面无笑容地转向帕迪,但这并不奇怪,尤其是在她匆忙的时候,她说,你好,帕迪,帕迪说,你好,埃伦,他从自行车上下来把邮件递给她。她告诉他,迪尔德丽和镇上的牙医舍伍德有约,可惜她把这么多时间浪费在吮吸糖果和做白日梦上,她本该学习课程和做祷告的,她的两颗后牙因为她喜欢的那些该死的苹果糖而烂掉了,等舍伍德用他的工具对付她时她就明白了，而她在受完折磨后会直接去学校，她不必害怕。帕迪点了点头，对埃伦·杰克曼的故事和她对这个时代的孩子们习惯性的告诫性言论笑了起来，埃伦·杰克曼在她的故事结束时停下了，她也停了下来，说，好吧，昨天那件事不是很令人震惊吗？帕迪只能缓慢地点点头，把目光投向地面，说是的，令人震惊，令世界震惊，他非常抱歉。埃伦·杰克曼说，帕迪，你没有什么可抱歉的。等她休息好了，莫尔和我会再谈一次。我们现在不会再谈这个问题了。我知道迷失是什么滋味，帕迪。告诉她，只要她愿意，随时可以给我打电话。帕迪·格拉德尼感到困惑和解脱交织在一起让他晕头转向，在她优雅地走过她格局匀称的院子，走进她的汽车，拉上她的驾驶皮手套，缓缓离开时，他感到自己对这位女恩人诚挚的热爱，他掉转自行车使劲蹬着，跟在闪闪发亮的汽车后面，这样就可以替她们打开大门，然后在她们身后关上，他的眼睛里噙着感激的泪水，嘴唇上挂着感恩的祈祷。

就这样，这个礼拜的日子都按正常的节奏过着，没有人再提这件事，整个事情开始变得像是只发生在他们的想象之中，就像你在酒吧柜台上方的电视里看到的事情，是由时空另一头的人们演出来的，根本不是真的。帕迪不受阻碍地履行他的职责，没有受到质疑或责备，邻居们开始在晚上赶来，开始是一个接一个，后来是两三人一组，就是为了看一看这个归来的人，看看她的血肉之躯，欢迎她回到人间，问她过得怎么样，她觉得伦敦怎么样，因为现在人人都知道莫尔·格拉德尼去过哪里，但仍然没有人知道这么保守秘密是为了什么，她怎么能让她可怜的父母承受所有的痛苦。不过各种各样的理论接连出现，寓言、传说、荒诞故事、神话故事，有时还有淫亵的猜测。这些黑暗的美味只能用耳语来传达，从遮脸的手掌背后到手肘的指点，得到配得上绞刑的罪恶笑声，填补他们得不到的真相留下的空缺。

莫尔回来的第一个礼拜完全结束时，太阳在橙色的天空中挂得很低，帕迪·格拉德尼完成了对栅栏和田地的巡视，他的柯利幼犬竖起耳朵，在他身边吠叫着，突然向山下冲去。从大片土地下面的小树林走到开着白花的苹果树下时，他听到中间的大门哐当一声打开，他还听到小路上有两种沉重的脚步。当他穿过树林，绕到自己的小屋后面时，看到了科因神父和克罗斯利警官，他们的脸色严肃，表情严峻，他们正在走近院子，帕迪·格拉德尼强迫自己向他们走去，他能感到胸口中央在收紧，就像套在死刑犯脖子上的套索一样。

他可以从侧窗看到，基特在炉子旁，莫尔在壁炉边的座位上缝衣服。两人都没有动身去看是谁走过来了，帕迪认为她们在听收音机，没有听到叮叮当当的门闩声或脚步声，就算她们听到了也会认为是邻居们从上山的路上经过。毕竟这是一天中人们从镇上和各种工作中回家的时间，即使是在这个重要的礼拜，晚上这么早有客人来家里也是不正常的，而且每个可能会想来看看归来的莫尔的人几乎都已经来过了。帕迪觉得自己很羡慕他的妻子和女儿此刻的无知，那一刻她们没有恐惧，他觉得自己希望神父和警官继续走过他院子的大门。不管他们拿着什么杯子，都是为了给别人喝，而不是他。

但是，以上帝的名义，现在有什么好怕的呢？他的妻子和他唯一的孩子至少在身体上是安全的，在他们自己家温暖的厨房里，这就没有什么麻烦的可能了。还有莫尔诽谤埃伦·杰克曼那件事，但埃伦·杰克曼好像并没有怀恨在心，而且，无论如何，她是一个自己战斗的女人，帕迪知道，她再过一百万年也不可能会把故事带到警察局或本堂神父住所去。但是，任何一个人在自己的院子里面对一个穿着庄严黑衣的红脸神父和一个仰着下巴的敦实警官时，肯定会感到自己的心脏在胸口跳动，血液在身体里奔腾不息。这是他在刚刚结束的失踪岁月中每天、每小时、每分钟都在设想的场景。在他的院子里，这些多管闲事的人带来了最坏的消息，由其他地方的同行打电话通知给他们，所有这些人都只想确保自己的书面材料完美无瑕，所有的 t 不缺横，所有的 i 不少点，以防因为在这种情况下没有正确遵循既定程序而陷入困境，而他们中没有一个人认识或关心相关的活人，他们面前的新痛苦，他们希望的最终消失。

一朵朵白色的犬蔷薇在门柱边的荆棘丛中悄然绽放，一排排狭长的牛筋草和胡椒草在山楂树间沿着小路的边缘延伸到中门边的围栏，黄的、绿的、白的，所有的花朵都在微风中颤动。神父和警官从小路上转向，走向通往格拉德尼家院子的门前，帕迪·格拉德尼有一种事情重大而险峻的感觉，他的小世界的轴线发生了巨变，因此每个角度每个方面都会发生变化。但他那种厄运和恐惧的感觉被一个奇怪的预感驱散了：他知道，尽管他不知道自己是怎么知道的，无论这两个人有什么消息要宣布，都不涉及死亡；这不是关于基特在美国的弟弟或她在城里的妹妹的消息，也不是关于他的任何分散的兄弟姐妹或他们的后代的消息。科因神父在清嗓子准备说话，克罗斯利警官从他的大衣口袋里拿出一本破旧的笔记本，封皮上有一个竖琴，上面用蓝色墨水写着字，这些字优雅地向后倾斜。他们互相交换今天的问候语。晚上好，帕迪，晚上好，神父，晚上好，帕迪，晚上好，警官。你自己一个人吗，帕迪？不，不是，警官，基特和莫尔在厨房里。我们能和你私下谈谈吗？可以，但你难道不愿意到炉火边上来吗？不，帕迪，现在这只是给你听的，你可以在你自己的时间里用你自己的方式告诉她们。

克罗斯利警官从容不迫地站在那里，把拿着笔记本的手臂伸到他面前，慢慢地读着，声音清晰，口音比他平时说话——比如说，在村子里处理闲事的时候，或者在十字路口下面检查汽车上税或者自行车车灯的时候更文雅。克罗斯利警官说，尼纳有一个人，他站在门柱旁，腰板挺直，斜戴着帽子。他湿漉漉地咳嗽了一声，重复了他的开场白。尼纳有一个人。科因神父看着帕迪，他慈祥的眼中闪过一丝笑意。克罗斯利警官继续说道，微微眯着眼睛看着他的笔记本，仿佛很难看清自己的笔迹，而帕迪·格拉德尼把头向前倾，以便让耳朵朝向这位胖警官的嘴。此人目前住在萨默希尔，格莱纳姆家的旅馆里，他对本地区及所有毗邻和附属地区都很陌生。上述此人向几位证人声称，他与诺克高尼——也就是我们现在所处镇区——格拉德尼家族有某种关系。除了询问诺克高尼的方位和上述镇上的格拉德尼家的住所之外，上述此人似乎在尼纳镇没有任何业务。科因神父现在低着头，闭着眼睛，帕迪·格拉德尼的头仍然倾斜着，他的耳朵仍然斜对着克罗斯利警官的嘴，克罗斯利警官的声音现在变得低沉了，基特·格拉德尼已经出现在小屋的半截门处，但她没有向他们走来，克罗斯利警官勇敢地继续读了下去。上述此人声称与玛丽·格拉德尼，即莫尔，这个家庭的孩子，最近刚刚不再是失踪人员身份，有着特殊的关系。我在尼纳警察局的同事们对上述此人有所怀疑，因为此人对本地区及所有毗邻和附属地区都很陌生，此人操英国口音，而且是一个黑人。一个黑人，克罗斯利警官确认了这一点，又咳嗽了一声，合上了笔记本，然后就没再说别的。

克罗斯利警官的笔记本现在被收了起来，他的脸颊呈现出熟透的草莓的颜色,他正盯着莫尔与基特会合的小屋门口,两个女人站在那里焦急地看着门边挤作一团的三个男人。科因神父说,你知道,帕迪,你根本不需要为任何事情感到抱歉,也不需要保护任何人,因为你不能替别人的行为负责,我很清楚你女儿的成长过程,以及你和基特一直以来良好、干净、优雅的生活方式。我比任何人都清楚,你们是虔诚的人,你们的良心是干净的,但有时自然界会有反常的一面,我们或多或少都是自己动物本性的奴隶,我们都肩负着否定,征服和战胜这些动物本性的需求和责任。我已经和这个男人谈过了,他很坦诚,他声称和你女儿有非常严肃的关系,尽管他不愿进一步说明他们之间关系的性质,他声称她是从他们共同居住的诺丁山的房子里失踪的。我没有理由相信或不相信这名男子所说的一切,我现在只是向你转述他对我说的话,这名男子说话的方式非常有礼貌,轻声细语,并没有出现任何威胁或粗鲁。

帕迪不能正确地理解神父的话,也不能准确估量其中的确切含义或意义,他感觉到傍晚的空气在太阳落到阿拉山下时的冷却,树木、栅栏、灌木丛和花朵的形状随着白天清晰的光线逐渐减弱而变得模糊不清,帕迪·

格拉德尼挺直了腰杆，向他的客人们讲话，他小心斟酌着措辞，克制着声音的颤抖。谢谢你，警官。谢谢你，神父。我这就开车去格莱纳姆家的旅馆，我去处理这件事。我不知道这个人是谁，也不知道他为什么要讲这样的故事，但我可以向你保证，我的女儿莫尔和任何黑人男子都没有关系，从来都没有，这个人和我家之间，无论是高级的还是低级的，没有任何联系。帕迪·格拉德尼转身看着他出生的那栋房子门口的小家庭，他的父亲在那里生活了一辈子，他的母亲也在那里生活了大半辈子，他想知道，如果他坐进车里，沿小路开下去，上大路经博里索坎再到波塔姆纳、洛赫雷和戈尔韦，进入并穿过那个他听说过但从未见过的明亮城市，一直开啊开，直到道路在海边到达尽头，一头扎进海浪里，向远方的海岸驶去会怎么样。

但他控制住自己，把幻想推到一边，因为他知道那是对自己所受的考验累到要死的人才会有的疯癫而狂热的想法，而他还没有那么累，还差得远。他感到自己的胳膊与腿还留有很大的力量，他的内心也很稳定，尽管如此，一想到他即将承担的任务，心脏就在胸口剧烈跳动。在刚刚过去的几年里，他一直绷得很紧，想象着他的女儿已经死去，她的安息之地没有任何标记，眼球脱落，肌肉剥离，骨头散落在海底，随着潮汐从一个地方漂流到另一个地方。然而，她回来了，她是完整的，而且，没错，她死死地守着自己的秘密，但这并不重要，现在，似乎有一个故事以自己的方式从英国来到了这里，一个来自古老敌人的土地、说话温和的黑人，而且这种奇怪的情形还带有诡异的感觉，这是不可避免的，命运的意愿终将达成。

帕迪把科因神父和克罗斯利警官送到中门，他拒绝了科因神父提出的把莫尔带到教区的房子里去看看他的邀请，因为他知道莫尔不愿意这样做，他答应如果这个英国黑人惹出任何麻烦就告诉克罗斯利警官。克罗斯利警官提出安排尼纳警察局的人和他一起去格莱纳姆家，帕迪说，不，他肯定会没事的，格莱纳姆家的房子不大，人手也很充足，而且，他可以把这个人带到斯瓦格曼旅馆或奥米拉旅馆，这样他们就可以在公开场合，私下地，但还是在别人面前进行交谈，这肯定能避免情况恶化或发生不愉快的风险。克罗斯利警官同意这是最好的计划，就在科因神父打开克罗斯利警官的雷诺面包车的后排车门时，他转身对帕迪说，帕迪，如果他说的是真的，你能确定他至少是个天主教徒吗？帕迪答应了，尽管他不禁觉得科因神父的这个要求是在往伤口上撒盐，他再次感谢这两个人的辛劳和他们的服务。

帕迪深吸了一口清洁凉爽的空气，沿着小路回到院子里，基特和莫尔大睁着眼睛静静地站在半截门前。进去吧，帕迪说，他目光呆滞，面无表情，声音低沉。她们无言地转身向他前面的厨房走去。基特什么也没说，等待着。你知不知道，帕迪开始对他的女儿说，那些人，这个教区的神父和警察局的警官，为什么会在这里？你有什么想法吗？不知道，爸爸，她回答说，她在壁炉旁坐下来，把脸转向火焰，她的眼睛里闪烁着火光，火光映照着她不祥的泪水。你不知道吗？不，爸爸。好吧，我会告诉你的，我会的。我现在就告诉你。基特终于打破了沉默，在他们漫长的婚姻中第二次对她的丈夫喊道，*以上帝的名义，你能不能赶快说？*帕迪点了点头，仿佛是在赞同妻子的愤怒，仿佛是在强调，这种情况下这样做是合适的，他说了下去，一直看着他女儿的脸，而她没有回头看他，而是看着即将熄灭的火。

在尼纳有个人，一个谁都不认识的陌生人，跟任何愿意听他说话的人说,他和来自诺克高尼的玛丽·格莱德尼,也就是莫尔,有某种关系。莫尔抬起头来看着他,脸上充满了恐惧,她低声说:哦,不,不。哦,是的,帕迪说,仿佛是在针锋相对,仿佛莫尔的痛苦仅仅是对现实的否认,仅此而已。是的,莫尔。他一口气说了下去。他甚至在本杰·克罗斯利的笔记本上的拼写都是对的。因为你可以肯定本杰·克罗斯利不会拼写。他要找的是来自 K-N-O-C-K-A-G-O-W-N-Y 的莫尔·格拉德尼,他直接告诉了半个镇的人,而另一半人则是二手消息,这个教区的大部分地区和尼纳的其他腹地也是如此。基特现在在叹气,她用一条茶巾捂着脸,只有眼睛是露出来的。她靠在餐桌边上稳定自己,眼里闪着凄凉的光芒。帕迪还没说完。尼纳的那个人是个英国人。说到这里,帕迪停了下来,抬起下巴,清了清嗓子,打出最后一击。尼纳的那个人是个黑人。他的妻子和女儿齐声呻吟。

他的名字叫亚历山大,莫尔低声告诉他们。二十二岁。他跟莫尔在同一家酒店工作,是服务生。他对她一见钟情。他天天晚上送她回家,一直送到她住所门口的栏杆前。为了确保她安全到家,他总是这么说。但接下来他总是徘徊，在她想进去的时候他总是抓住她的手臂，让她留在外面说话，那是一条很黑很安静的街道，他会靠近她，握着她的手臂，用急切的语气跟她说话，他的话她只能听懂一半，一天晚上房东从前屋的窗口看到了外边的情况，派她的丈夫来赶跑他，他用了一个非常难听的词骂亚历山大，还威胁要揍他，莫尔听到他被人那样辱骂非常难过，第二天在酒店餐厅里，在服务工作开始之前她说出了自己的看法，却只是让情况变得更糟。他接着宣布他爱她，他想要娶她，她可以跟他和他的家人一起住在诺丁山的房子里，住房互助协会给了他们一份终身租赁协议，他会永远照顾她，他有各种各样的计划和承诺，虽然她并没有给他什么鼓励，但他还是继续接近她，陪她回家，但是他会在到门口之前停下，害怕被房东太太和她丈夫发现，她会赶快进门，情况就是这样，直到她鼓起勇气，拿着上个礼拜的工资离开伦敦拿着小背包回了家。

帕迪说，嗯，并没有对他女儿的故事作出进一步的答复。他撇下厨房里抽泣的莫尔和长吁短叹的基特去了车棚。汽车很轻松就打着了，只有一点点化油器堵塞和节流阀喘振，他把车缓缓开到院子里，朝大门开去的同时，他看着半截门旁的基特和莫尔，鸡在他面前惊慌地拍打着翅膀。他停下来，摇下车窗，说，我可以让他走吗？莫尔点了点头，她的脸色惨白，满是泪痕，基特也点了点头，她从门槛走到车窗前，把一个信封放在帕迪的手里。她说，把这个给他吧，如果他假装说没有路费回家的话。帕迪抬头看了看他妻子的脸，莫尔失踪的最初几天以来，她第一次露出完全困惑的表情，以及极度的恐惧和疲惫，一副惴惴不安的神色：她是个老女人。

小路是干的，他毫不费力地开到中门，穿过去，开到路上，靠惯性下坡是他省油的习惯，开到十字路口向右转，走蛇丘线去尼纳镇，有个来自英国的黑人在格莱纳姆家的旅馆里等着他，他想知道，生活怎么会这样，前一分钟一个样子，后一分钟就变成了完全不同的样子，而跟这种生活有关的这个人其实什么都没有做。看起来，现在对于一个人来说，光履行他的职责是不够的。过基督徒的生活，遵守所有的义务，做他的工作，照顾他的妻子和女儿，做他的祈祷，做弥撒，还有零星的曲棍球[1]比赛。为什么这些混乱的事情会降临到一个

---

[1] 本书所指曲棍球为爱尔兰曲棍球，与通常所说的曲棍球略有不同。

如此倾向于平静和满足的人身上呢？女儿莫名其妙地发了疯离家出走，还有一个黑皮的陌生人来访。这就像是书里的东西，那种因对正派人的道德和灵魂构成威胁而被禁止的冒犯性的书。他现在已经受够了，他不想再这样了。黑人将被赶走，莫尔将解释她自己和她失踪的岁月，以及她关于忏悔和豪宅的无礼言论，她将向埃伦·杰克曼道歉，她将规规矩矩地做人，她将每晚跪拜诵经，每个礼拜天去做弥撒，在家里和院子里帮助她母亲，所有这些事都不会再被提起。无论这个人之前是怎么想的，跟一个来自虔诚家庭的基督徒好女孩扯上了关系，他现在都该立刻放弃这些想法，回到他来的那个什么世界角落去，把这些话跟这个人说清楚之后，这件事就要画上句号。

而基特被留在哭泣的孩子身边。像一个新妈妈一样，她对自己没有把握。她感到体内郁积的愤怒被这新的情况点燃了火焰，但她闭上了眼睛，双手在围裙宽大的口袋里紧握着，她深深地吸了一口气，憋住了，过了好一会儿，火焰因缺氧而熄灭，她恢复了理智，或者说，至少在说话的时候还能有一点理智的迹象。孩子仍在不停地抽泣，她的头发垂在脸上，她抓着自己壁炉座位两边的前缘，仿佛是为了稳定自己，让自己保持直立，抓得紧紧的，指关节都没了血色。基特向她走去，一直想着最受祝佑的母亲们，以及在她的孩子死而复生之后，她的麻烦才刚刚开始。因为那些法利赛人会来找她，就像上帝一样肯定。经文里没有提，但她一定是继续生活了下去，在拿撒勒。他们绝对不会放过她的。在她的儿子逃离坟墓之后，他们肯定会来找她，他们会让她付出代价的。

趁着你父亲不在这里，现在告诉我真相，趁着那个可怜的人在尼纳面对那个异教徒。告诉我真相，莫尔，让魔鬼感到羞耻。但莫尔仍然沉默不语，除了时不时的呜咽和鼻息，基特可以感觉到她的好脾气又开始疯狂地奔跑起来，她必须死死控制住它，她知道，她必须让它保持轻松的慢跑，因为如果她失去控制，一切都会乱成地狱。对任何必须面对这些事的人来说，那实在太离谱了。基特感到一阵遥不可及的渴望，渴望她和帕迪在刚刚过去的几年里所过的平平无奇、无忧无虑的疑虑和祈祷的心碎生活，她为此严厉地告诫自己，对女儿的归来的任何一个方面感到遗憾都是不可原谅的忘恩负义。她知道，她甚至不得不为莫尔咒骂她丈夫的雇主和他们的女房东，咒骂他们家所在土地的主人的妻子和全权代理人，暗示各种肮脏事情的情景和声音表示出感激。她知道，那是魔鬼的错，因为魔鬼有一个宏大的诡计，古老而行之有效的诡计，抓住年轻女人的身体和舌头，把她们引向堕落。有时只是片刻，但片刻往往就足以让一个灵魂被赶出正义之道，走上毁灭之路。

基特有一个想法，一些真相就要被说出来了，一些关于她女儿的事情会被揭示出来，最终可能会通过揭示而得到救赎，尽管基特说不上来是什么错误行为需要救赎。关于她女儿的真实本质和她在黑暗中的时间，她有一两个想法，这些想法来自本能和直觉，以及关于孩子的难以言喻的知识，这种知识只能由孩子的孕育者拥有，由细胞成长为这个孩子的人拥有。但基特想不出任何方式来开始谈论这种事情，所以她不自觉地伸手去拿她的使徒书信，然后停住了手又把它放下，她从厨房桌子旁她坐的地方看向壁炉座位莫尔坐的地方，她让莫尔往火上加一根木头，莫尔照做了，莫尔再次站直时，她把头发从脸旁推开，莫尔突然用颤抖但清晰的声音开始说话，而基特对这种时刻的脆弱机制刚好有足够的了解，在她的女儿自十几岁以来第一次忏悔的时候，她保持着完全的沉默，几乎不呼吸。

　　妈妈，我的心里一直都不对劲。从我十岁或十一岁开始。我有问题。我都不知道是什么问题。有一次在宗教课上，法伊小姐讲了一些东西，有点接近于描述我的感觉，她说这既是自然的也是不自然的，因为我们和动物是由同样的东西形成的，所以我们受制于我们的动物本性，每当我们感到任何奇怪的冲动时，就应该祈祷，向上帝寻求力量，它们会消失的。但我的冲动从未消失过。我对自己感到非常羞愧。它是我内心深处的一个怪物，它时不时地出现在我身上，就像潮水冲到沙子上一样，完全覆盖它，改变它，从来没有任何办法阻止它或减弱它的力量，我别无选择，只能沉湎其中，而我总是感到羞愧。我做过一些事情。在我做的时候，就好像是别人而不是我在做。只是一些别的东西通过我行动，使用我的身体，占据了我。然后我想，也许我是被附身了，魔鬼在我身上，于是我决定除掉自己。我的计划是坐车到利默里克，然后到恩尼斯，再到拉欣奇，我打算走到远离拉欣奇的那些大悬崖上，跳下去。但后来我想，作为一个异类和自杀者，这样做我会受到双重的诅咒，于是我制订了一个新的计划，我从邮局取出我的钱，从都柏林港乘轮渡公交去了伦敦，在那里能容易一些，我不再觉得每一分钟都像在被地狱火诅咒，也很容易觉得我在某种程度上已经死了，因为我心里想，你和爸爸会认为我已经死了，所以无论如何都是一样的，一方面我为此感觉很糟，因为我知道你们会有多么伤心，但另一方面，不必每秒钟都为我脑子里的东西感到难过，反而更轻松一些。因为那里有一整个世界的人，数以百万计的人。而他们中的很多人都像我一样。

远处传来动物的低鸣声，一些夜行动物落在披屋屋顶上，在那里抓挠并发出哗啦啦的声音，然后飞走了，一辆汽车穿过山下村庄，基特徒劳地想把她所有的问题统合成一个。女孩已经开口说话了，而基特还是跟她说话之前一样什么都不明白。她再次感到自己的脾气第三度上升，这一次它迅速升温，像沸腾的牛奶一样向上爆发，她听到自己在喊叫，她对自己的嗓门和从自己嘴里说出的话感到惊讶。以上帝的名义，你是怎么想的，莫尔？你以为你是世界上第一个有黑暗想法的人？二十年了你什么都没说过，而现在你在几天内说的话比任何女人一生中有资格说的都多？你以为你父亲和我有多大的耐心？你离开了这么长时间，你就不能写封信吗？玛丽·格拉德尼，我来告诉你，你有什么问题。你给自己太多时间了。你自己的想法太多了。这都是我们自己的错。我和你父亲的错。我们把你当傻子，溺爱你，从来不要求你什么，允许你笑嘻嘻地坐在那里，从来不让你干什么。你为自己想的太多了，就是这样。你简直是个庄园里的大小姐。你做过些事？我想说的是，你做过。不管它们是什么，那都是你做过的第一件事。我不知道你做了什么，上帝保佑我，上帝保佑我们所有人，我希望我永远都别知道。耶稣我主，你可怜的父亲。你会要了他的命。那个好男人。去了尼纳，想把你那肮脏的烂摊子收拾干净。上帝保佑我们所有人。

基特·格拉德尼发觉自己第一次对着孩子抬起了手，莫尔紧闭着眼睛，泪水沾湿了她的脸颊，力气从基特的胳膊里流逝，她把手垂到身边。莫尔就在这里，虽然变了但依然完整。她知道，女儿故事的其他部分会一点一点地披露出来，也可以隐藏在过去的黑暗之中。莫尔所做的那些让她感到如此羞耻的事情的性质，在基特的想象中定型了片刻，然后破碎了，消失了，就像她眼睛里的光斑，在她紧紧闭上眼睛的时候它们就会出现并闪烁，在她试图仔细观察的时候它们就会消失。以她目前了解到的信息来看,她的女儿没有杀过人,没有偷过别人的东西,也没有伤害过别人,只伤害了她自己。就算她有奇怪的欲望又怎么样?曾经,基特自己也感受过一次这种东西散发出的令人作呕的甜腻气息。她从来没有实际行动,不过她也从来没有那样的机会。她忙着照顾她的父母和弟弟妹妹,直到两个老人相继去世,她沉默的弟弟结了婚,然后是她的妹妹,嫁给了一个有好工作和一枚英国轻工兵别针的男人,后来她自己也结了婚,那时帕迪已经快四十岁了,但他对夫妻生活依然充满热情,他们在恩典之光下长久地弥补了那些渴望的日子。即便莫尔犯了罪,她的罪孽也可以被赦免。莫尔已经被送去接受审判了,已经被放逐到沙漠里去听魔鬼的那些与它们一起享乐的邀请。她想净化自己是很容易的。要得到宽恕,只需要悔悟,这显而易见。除了每个礼拜五下午和晚上科因神父的庞大身躯休息的那一间之外,乡下还有很多忏悔室。帕迪和她不用费什么事就能开车送孩子去利默里克市,还可以去更远的比尔或者塔拉莫尔或者其他任何地方,那里到处都有橡木雕琢、敞开怀抱的黑暗忏悔室,归家的浪子可以向被纱布隔开的神父倾诉他们的忧伤,而且不太可能有什么事情是告解神父没有听到过的。在忏悔祈祷结束之后，莫尔可以点燃一整排蜡烛，基特会高兴地帮她点亮它们，然后他们就能带她回来，之前所有的瑕疵和污点都会从她饱受折磨的珍贵灵魂上抹去。

基特对莫尔说了这些话，并且说很抱歉对她大喊大叫，用那个词骂她，莫尔看起来似乎要恢复正常了，要跟自己和自己的处境达成某种和解，基特到壁炉座位旁去拥抱她，尽管之前刚经历过各种陌生的谈话和叫嚷，她们之间连一丝一毫的尴尬或者窘迫都不存在，她们紧紧抱在一起，抱了很久，暂时忘记这一天发生的那些戏剧性转折和帕迪被派去执行的任务，她们的恐惧和忧虑在彼此的怀抱与炉火的温暖中渐渐消失，过了一会儿她们听到小路上传来汽车的声音，是帕迪的车，她们走到门口去迎接他，看到了副驾驶座位上一个男人的眼睛、耳朵、嘴巴、白牙和打着领带的脖子。一个黑人男子。亚历山大。在内心深处，基特隐隐知道会发生这种状况。尽管他一路奔波辛苦，尽管在家门口听到了明确的指示，尽管他声明了自己的打算，还给他带上了装着钞票的信封，帕迪·格拉德尼还是会把那个黑人从镇上带回来。而且他还会有一个蹩脚的悲伤故事来解释理由。

月光照耀下的院子里,他还没把那个黑人弄下车就打算开始讲这个悲伤的故事,但是基特打断了他,说,把他弄进去。趁着没人路过看见我们的时候赶快把他弄进去。在帕迪打开副驾驶车门伸手进去把那个黑人弄出来的时候,很明显他已经喝醉了:他的头在肩膀上摇晃,身上传来黑啤酒的气味,他似乎想要说话,但嘴里发出的只有低沉哽咽的声音,莫尔站在父亲身边说,哦,亚历克斯,你为什么喝醉了?你根本就不喝酒的。这时那个黑人从沉思中抬起头望着她,嘴巴抽动着变宽,露出了基特见过的牙齿最洁白的微笑,眼睛里闪烁着醉意和爱意。基特看得出来,这一对比她女儿所讲述的要熟悉得多,感情要深得多。而且基特还知道,她也不确定自己是怎么知道的,这个穿着套装的高大陌生人将成为他们全家生活的一部分。

亚历山大被搀进屋里,坐在桌子旁,茶、一碟火腿、一碟面包、一碟黄油和一副刀叉端到了他跟前。但他的头还是在摇晃,眼睛依旧水汪汪的,他一遍又一遍地说着谢谢,谢谢你,当时他好像只能说出这些话。他的手至少有莫尔的两倍大,莫尔正用两只手握着他的一只手，恳求地看着他，几乎快要发脾气了，她说，亚历克斯，你是怎么找到我的？她告诉他，他不应该在这里，他不应该来。

基特站在水槽边，一只手放在冰冷的边缘上，一只手搭在腰上，帕迪坐在亚历山大和女儿对面，说他别无选择只能把亚历山大从镇里带出来，带到这个安全的地方。他去到格莱纳姆家旅馆的时候，听女主人说，她把那个黑人赶出去了，因为他对她不礼貌。他很生气，因为照她的说法看来，她肯定报了警，跟他们说了他的到来和他的意图，但是她跟帕迪保证完全不是这么回事，那两个年轻警察之前只是在楼下的咖啡店里喝茶吃三明治，两个刚从坦普尔莫尔来的新人，他们亲眼观察了那个黑人，亲耳听到他问别人有没有人知道诺克高尼在哪里，有没有人认识一个叫莫尔·格拉德尼的姑娘，是他们用无线电通知了梅森镇的警察局，很有可能是本杰·克罗斯利给约阿拉拉教区打了电话，这都不是她干的，不过他缠着她，还叫她**女人**，她可容不得这个。他被赶了出去。

帕迪沿着一条很短的小路来到离格莱纳姆两道门开外的斯瓦格曼旅馆的酒吧，发现亚历山大正坐在高脚凳上喝着一品脱吉尼斯黑啤酒。一群无赖围着他,嘲笑他。米基·布瑞斯、斯考迪·柯林斯还有几个帕迪不认识的人,彻头彻尾的小流氓。斯考迪·柯林斯穿着爱尔兰共和军的正式制服,或者说他还剩下一半的制服,毛衣和黑色贝雷帽,他假装自己是个真正的高级共和党人,问亚历山大是哪里人,来这里干什么,有什么关系,他是英国士兵还是英国间谍,亚历山大根本承受不住喝下的黑啤酒,他一直在笑,以为这是什么娱乐活动,而帕迪从看到他的第一眼起就强烈地感觉到,这个男孩没有任何坏处,尽管他个子高,手掌大,皮肤黑。酒吧老板拉尔·格雷斯告诉帕迪,他当初喝黑啤酒完全是出于礼貌,反正在拉尔看来是这样,因为他进门之后的样子,手里提着行李箱,被格雷纳姆旅店赶出来的难民,上帝保佑我们。

帕迪在讲述下一段时有点激动,他说他是如何用胳膊肘挤进这个圈子里,说,亚历山大,我是帕迪·格拉德尼,很高兴见到你,他向亚历山大伸出手,亚历山大握住了他的手,斯卡迪·科林斯立正站好,命令帕迪退下。帕迪生气地斥责斯卡迪,让他滚蛋,如果他这么想和英国人打仗的话,就他妈的去北方,别站在离任何危险都至少三百英里的酒吧里，穿着奇装异服，在一帮小混混中间大放厥词，以五对一的人数欺负一个来到这片海岸上的无辜游客。斯卡迪对此非常生气，对帕迪发出了各种警告，说他里通敌国，这样的人可能会有什么下场，帕迪直视着他的眼睛，对他说他的嘴仗打得真精彩，米基·布瑞斯听了这句话笑得前仰后合，他同意帕迪的话，说，真的，斯卡迪，平心而论帕迪说的完全是事实。要是靠讲话就能解放爱尔兰，我们早就把六个郡都收回来了，你还会被加冕为他妈的至高王!

过了一会儿，那个黑人，他们现在知道他的名字叫亚历山大·埃尔姆伍德，稍微清醒了点儿，还吃了不少火腿和面包，喝了一杯茶，但他没吃黄油，帕迪觉得很奇怪，怎么会有人这样干吃三明治，但他对这个世界有足够了解，知道黑人的习惯与白人不同，构成方式不同，体质不同。亚历山大·埃尔姆伍德几次恳求他们原谅，虽然不清楚是为了什么，他们觉得是为了他的醉酒，每次他说话时，莫尔都会嘘他，捏着他的手不让他说话，他站起身来，问他们的设施在哪里，帕迪和基特同时感谢上帝，他们在莫尔开始遭受女性的痛苦的那一年建了一个带水槽和镜子的室内厕所。亚历山大·埃尔姆伍德在低矮的门楣下弯着腰，拖着两条长腿，跟跟跄跄地走过短短的走廊，他们听着他反胃呕吐，基特让莫尔给他拿条新毛巾，她照做了，她去了很久，基特和帕迪努力听着他们谈话的低语，但什么都听不到。莫尔自己回到大厅，她说她会把他放在她的床上，这个晚上她会和妈妈一起睡，爸爸必须和亚历山大一起睡，从他的女儿出生之后，帕迪·格拉德尼从来没有想过自己第一次没有和妻子睡在一起时会是和一个喝醉了的高大黑人睡在一张床上。

但亚历山大已经昏睡过去，当帕迪躺到他旁边时，他几乎一动不动。第二天早上，帕迪一大早就起床了，他在出发去农场和道路上巡视之前，检查了一下那个陌生人是否还有呼吸，他是那么安静，那么平静，他走到厨房的时候，基特已经端着茶和烤面包在等他了，她做好了馅饼，准备放到烤箱里烤，他们之间没有什么可说的，他们必须像往常一样过日子，看看晚上会发生什么。基特在丈夫离开家之前像往常一样温柔地吻了吻他的脸颊。帕迪·格拉德尼走完了田地，备好了牧草，在山上和山谷里转了一圈后在当天下午回到家，发现他的妻子、女儿和亚历山大·埃尔姆伍德坐在他厨房桌子的三边，第四边有一把椅子在等着他，基特说，坐下，帕迪，我有话要对你说。莫尔·格拉德尼和亚历山大·埃尔姆伍德对视了一眼，沉默了。基特的声音均匀而有分寸，是平时不常见的那种有修养的口吻，除非是和埃伦·杰克曼或科因神父说话，或者每年一两次在村里的公用电话上和她弟弟的妻子说话的时候她才会这样。她的声音有点像新闻播报员或爱尔兰电台的节目串联播音员。她那奇怪的声音和面无表情的表达方式，几乎和她平静宣读的新闻一样令人惊讶。

莫尔和亚历山大有一个儿子约书亚，此刻正待在博里斯因奥索里的科奇曼旅馆里，由他的祖父母巴尼和黛利拉·埃尔姆伍德陪伴和照顾。昨天，当都柏林到利默里克的公共汽车照例临时停靠时，亚历山大把他们留在了那里，独自继续寻找他的妻子。妻子？是的，帕迪。我们的女儿是个已婚妇女。这个人，住在伦敦西部诺丁山的亚历山大·埃尔姆伍德，是我们的女婿，也是我们外孙的父亲。

继续说，帕迪说，并立即感到自己很愚蠢。他不是应该有更多的话要说吗？但他们至少已经结婚了，他们有伦敦肯辛顿和切尔西区的证书为证。基特把桌子对面的一封信推给他，莫尔把他的老花镜递给了他，信是用蓝色墨水写的，出自一位神父之手，用简短左倾的手写体解释说，他在一九七七年七月一日于诺丁山阿西西的圣弗朗西斯教堂为这对夫妇举行了婚礼，她是罗马天主教徒，他是五旬节派，双方发誓要以天主教信仰抚养他们的孩子。帕迪·格拉德尼一想到这一点就脸红了。在英国教堂的圣坛上，他的女儿因罪恶而发胖。都有谁在场？他问道。婚礼上？女孩说，只有神父、巴尼和黛利拉。还有一个来自梅奥的圣器保管员和一个几乎失明的风琴师。小小的恩惠，帕迪说。他稍微让自己镇定些。也许他冤枉了她。他不想过多地考虑时间和按什么顺序可能发生了什么。而且，不管怎么说，她现在是个无可指责的已婚妇女了。他轻轻地吹了一声口哨。失明的风琴师！上帝啊。多么公平。他的女儿抓住了机会。是的，爸爸。她有一根白色的棍子。她那天是特意来的。她是为了帮神父的忙才来的。上帝保佑，她的父亲又说。这是好事。

亚历山大仍然沉默不语，双眼盯着桌面，但帕迪能看到他在微笑，这个男孩的笑容里有一些孩子气和真诚的东西。有一些会让你贸然相信他的东西。但帕迪明白相信会让你陷入危险。相信你的水会永远平稳地流淌,而不会急速地爆发成洪流,这是多么不明智的想法。

基特以同样平和而高亢的语气继续说:约书亚,我们的外孙,才刚满一岁。埃尔姆伍德先生和夫人带着他们的儿子和孙子来了爱尔兰,看看他们能否让孩子和母亲团聚,丈夫和妻子团聚,从而恢复事物的自然秩序。

这个故事对帕迪来说非常合乎情理,但却完全无法理解。上帝保佑,他再次说道。他从桌子旁站起身来,走出门去,没有人叫他回来。他穿过山上的田地去杰克曼家,沿着狭窄的院子穿过他们的农场建筑和空荡荡的马厩,来到他们家的后门。他在圈地大门附近遇见了卢卡斯,问他是否可以免去晚上的巡视。这时他突然想到再问问能不能借用一下卢卡斯的汽车。这样会给外国人留下更好的印象。他们可能会更愿意把孩子的监护权交给开着大而昂贵的汽车的人。他告诉卢卡斯,他必须开车到博里斯因奥索里,去办一些计划外的事情,他不相信奥斯汀车不会把他丢在路边,因为它最近很容易发热,气缸垫片肯定会漏气。卢卡斯看了他很久,脸上混合着担心和安静的惊讶,然后说可以,他要亲自走一圈田地，换换口味，而且欢迎帕迪借车，只要把奥斯汀的钥匙留给他就可以，以防他自己有急事要去哪里。帕迪有生以来第一次坐上一辆有真皮坐椅的汽车，他猜测变速杆旁边的 D 代表驾驶，他沿着杰克曼家弯曲的车道缓缓驶出，他在后视镜里看到卢卡斯站在那里看着他离开，脸上的表情很有趣。他想知道方向盘上的字母 BMW 代表什么，他决定不去在意，他沿着井道开到主干道，再开到小路，然后上坡回到自己的房子，他开着那辆闪闪发光、声音低沉的有钱人汽车驶进院子，他告诉他的妻子、女儿和女婿，在午夜到来前迅速准备好。他们要去博里斯因奥索里，去见约书亚·埃尔姆伍德。

那个男孩是白人。他们无法理解。确实，他长着一头黑发，还有饱满的嘴唇，眼睛是棕色的，但他的皮肤是乳白色的。他怎么会这么白？有时会出现这种情况，巴尼·埃尔姆伍德说，他听起来就像一个人在唱歌：他说话忽高忽低，一直拖到最后，他的声音在句子结尾时沙哑而深沉，在开头时高亢而甜蜜，有时也会反过来，他的海军制服有点皱巴巴的，但剪裁得很整齐，他的衬衫是亮白色的，他的鞋子像太阳一样闪闪发光，他戴着一顶边上有羽毛的帽子,他的头发和胡子是灰色的,他的眼睛边上有岁月的痕迹,但它们闪烁着恶作剧的光芒,他的步伐轻快而年轻。他们在酒店园区中央的绿地上的喷泉旁围着莫尔站成一个半圆,莫尔坐在喷泉前的长椅上,儿子坐在她的腿上,他闭着眼睛,双臂紧紧搂着她的脖子。我以前见过,巴尼·埃尔姆伍德说。我肯定见过。有时,在基因混合时,完全随爸爸,有时两边都有一点,有时完全随妈妈。我见过更奇怪的事情。我见过两个黑人父母生出一个惨白的婴儿。我也见过白人父母生出黑色的婴儿。帕迪和基特几乎快被他的嗓音催眠了,他告诉他们,你可以在约书亚的眼睛里看到亚历山大,你可以感觉到亚历山大的灵魂与男孩的灵魂混在一起,皮肤只是为了让身体防水,颜色并不重要。

这时巴尼·埃尔姆伍德的妻子黛利拉说话了,基特很惊讶,如此柔和端庄的声音竟然来自于如此巨大的嘴唇,来自于如此惊人的身体,她说,这是真的,我丈夫说的,这是上帝的真理,也是正义之士的真理,但还有这样的真理:一个诺丁山的黑人家庭没法养大一个白人男孩,这对他来说太难了,他不会被接受的。他需要在这里和他的妈妈在一起。对吗,亲爱的莫尔?莫尔点了点头，男孩紧紧抱住，把头蜷缩在母亲的胸前，眼睛仍然闭着，帕迪·格拉德尼感到一股爱的浪潮冲向他，他几乎被爱冲倒在地，他伸出手来稳住自己，他找到了妻子的手，他握住它，她用力捏着他的手，他能听到她说，感谢上帝，哦，感谢上帝。帕迪想知道是他妻子感谢的是孩子，还是孩子的颜色，这朵奇异的花朵完美无瑕的白色。

出埃及记

EXODUS

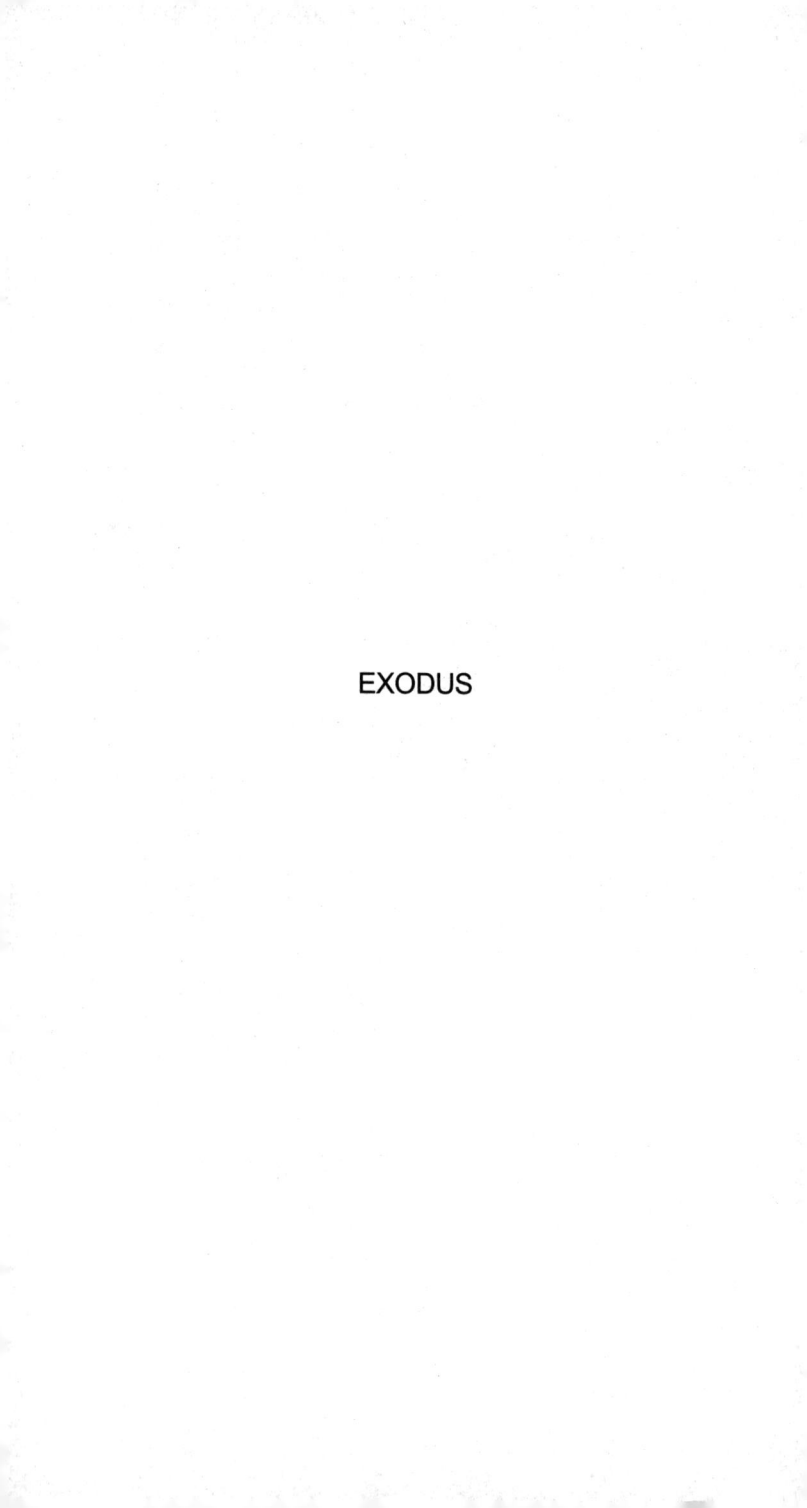

住房互助协会的那位女士一年来一两次。她在门口侧过身子好让自己挤进门。妈妈认为这简直再好笑不过了。她曾经告诉亚历山大,她唯一能阻止自己在看到住房互助协会女士时笑出声来的方法就是去想她爸爸躺在棺材里的样子。那时候妈妈还很瘦;爸爸则身材匀称,腹部平坦,长相英俊。爸爸一看到住房互助协会的女人就会微笑,露出所有的牙齿,手掌向上平举起双手,仿佛向上帝呈献赞美之词的传教士,把他的圣洁推举到天上。来吧,来吧,夫人,噢,见到你真好,见到你真好。来看看写字台和木质百叶窗,还有孩子们房间墙上的油漆。他会巧妙地引导那位脸色红润、身材魁梧的女士穿过厨房到后面的房间，帮她转过来，领她回到楼梯间，他会指着上面说，你想看看楼上吗？哎呀哎呀，楼上真是好多了，哎呀哎呀，我们干的活儿真不少，不少啊。

那位女士会说，不了，没关系，如果你不介意的话，我在前厅作个记录就走。她会微笑着摇摇大脑袋，拒绝喝饮料、咖啡或茶，或者过一会儿吃鸡肉、米饭和豌豆，因为她总是来不及，她总是有别的房子要去。爸爸会向后拱起身子，皱着眉头，缓慢而有力地左右摇头，紧紧地扭绞双手，仿佛这种懊恼、这种遗憾会要了他的命：一位如此受欢迎、如此尊贵的客人驾临他的家，他却没有得到首肯为她提供一些招待，一些小东西，表示他的感激和尊重，以及爱的象征。

她走之后他会转过身来笑着说，呜呼，呜呼，多大的一堆女人，多么巨大的一堆女人，啊，我见过的陆地或海洋上的任何东西都比不上那堆纯白女人的壮丽。然后他会指着亚历山大说，孩子，好好听我说：如果有一天我蒙主恩召，那座女士山的魅力就要落在你的肩上了，所以在她呼哧哼哧地来这个家里的时候，要牢牢记住我说的话我做的事。因为她是通往当权者的桥梁,我们的双脚必须永远坚定地踩在她那漂亮的木板上。妈妈会打他的上臂和胸膛,让他停止胡说八道,收起他肮脏的舌头和对女人山和死亡的想法,给他的女儿和儿子做个好榜样。

有一种方法可以知道另一个人的想法。这不是魔法,但任何不了解其中原理的人都会这么称呼它。**魔法**是一个被肆意摆布的词,被用作解释和借口,承诺和威胁。人们总是在不知不觉中透露出他们内心的迹象。大多数人都很容易看透。他的朋友悉德就是其中一个。他们亲如兄弟。悉德家住在亚历山大家左边的房子里,在悉德家里说的、喊的、叫的每一句话都能在亚历山大家听到,亚历山大的妹妹们会在晚上为妈妈和爸爸表演一天中偷听到的剧情。阿基利亚会扮演悉德的父亲,塔莎会扮演悉德的母亲和隔壁所有的孩子,在他们面前跑来跑去,在阿基利亚低声吼着悉德父亲的口音和他洪亮的喊声时,她会把自己蜷缩成一团。这不是我离开天堂的原因!这不是我挨警察打的原因!这不是我像奴隶一样渡海而来的原因!这不是我像老鼠一样偷渡的原因!不是为了这个，不是为了这个，不是为了这个垃啊啊啊啊啊啊啊圾！擦干净你们的嘴，擦干净你们的嘴，滚出去，滚出去，滚出我的房子！埃尔姆伍德家的父母会笑到眼睛发红，用手拍打自己的心，亚历山大也会内疚地跟着笑。爸爸会摇摇头说，哦，蜜糖男孩巴特利特，瞧你闹出的动静，闹出的动静，他会靠在椅子上，抬起眼睛，双手合十，模仿祈祷，然后宣布，愚妄人怒气全发，智慧人忍气含怒。箴言。二十九章十一节。

悉德会在晚上溜过隔墙，在埃姆伍德家的后门边等着，等到他能进去。他从不敲门，因为敲门就是请求，而悉德·巴特利特不会向任何人请求任何事。悉德在埃尔姆伍德的房子里走来走去，就像一股气流，在狭窄的空间和空间里的人之间无声地绕来绕去，他对全部这些人的爱，在他的眼睛里，在他脑袋的倾斜度里，在他手的动作里，仿佛云间天空的蓝色一样清晰，在他的沉默里，就像阴雨的嘶嘶声和匆促声一样容易听到。蜜糖男孩巴特利特曾是次重量级拳击手，他的拳头有时会自动飞起来；他的孩子和他的妻子知道在必要的时候要闪躲，迂回和后退。他在最后一场比赛后，在哈默史密斯的一家夜总会外被人用警棍打了一顿。殴打他的警察声称蜜糖男孩参与了一场斗殴；蜜糖男孩说他是在试图阻止斗殴。无论真相如何，他回到了他的妻子和年轻的家人身边，没有得到治疗，他不可逆转地改变了，不再能完全控制自己的情绪和声音的大小。

亚历山大的父亲会看着他的妻子宠爱他们的儿子。你会把那孩子宠坏的，黛利拉。你会把他宠上天的。他怎么能承受住打击？如果你让他像婴儿一样柔软，他怎么能从地上站起来战斗呢？我妈妈从未这样对我说话，我向你保证。我妈妈从来没有告诉我，我是所有造物的开始和结束，是天堂里最闪亮的星星。呜咽，没有。不过，有一次她用扫帚柄打我。打我的背，扫帚柄断成两截。我一个礼拜没法站直。也没法躺下。我从屁股蛋到后脑勺都是肿的。她说这是教训我的肮脏，尽管我当时没做过任何肮脏的事。她告诉我，我看到你上上下下地看着你的表妹。我看到她在冲你晃屁股，上帝保佑，上帝保佑她不受住在她体内的魔鬼影响，引导她去做坏事。这就是我妈妈的温柔和赞美，亚历山大。一切都归为善与恶之间的斗争，在上帝和他的兄弟魔鬼之间。如果你站在善的一边，你就可以不受干扰地去做你的事。如果你越过无形的界线，站在撒旦一边，就会有扫帚打到你的背上。哎呀,她多么强硬,我的妈妈,但我爱那个女人,让我免受可能的伤害。这所房子里对我唯一的儿子说的那些话,我从来没有听到她说过,而我任由它发生,这是我的耻辱和失败,我的母亲正在天堂里指挥着上帝的厨房,看着下边的我,你可以记住我这句话,她正在为我们再次见面的那天记着我的失败。她会拿天堂的各种扫帚打向我。

但亚历山大知道他的父亲喜欢吹牛,他喜欢听他妻子的情歌,其实和她一样爱他,也爱他的妹妹们,尽管他每天都怒气冲冲,宣称他们要下地狱。亚历山大·埃尔姆伍德的童年生活充满了爱。

亚历山大第一次见到莫尔·格拉德尼的那天,他感到自己的洞察力怪异地开了小差。在她脸色苍白、身材矮小、看起来很脆弱的外表下,有一种精神沉重、黑暗的感觉。对他来说,她不可捉摸,她说话的奇怪腔调,她先看一个人的头顶,然后再看他们面前的地板,并把她的两只手握在一起,仿佛为了稳定自己,为了紧紧抓住自己,为了抵御什么的习惯。具体是什么,他无法想象。她那双大大的眼睛里没有闪过任何迹象,没有任何暗示；她的动作很克制，很小心，很简练——她穿着他们让茶坊女仆穿的长长的老式服装在酒店餐厅里飘来飘去，就像幽灵。在工人们错班休息的小食堂里，他没能和她说上话，而她也几乎没有朝他的方向看过一眼。直到有一天，她的杯子掉了下来，摔在污迹斑斑的水泥地面上，杯子里滚烫的茶水烫伤了她的手。他本能地站了起来，抓住她的手肘，把她领到水槽边，打开水龙头用冷水冲刷她红色的皮肤，她没有反抗他，她身上有一股淡淡的苦味，被一些廉价的甜味掩盖着，这些气味的背后还有一些东西，一些属于泥土的、丰富的东西，他惊讶地发现自己不知道接下来该说什么做什么。我没事了，她在说，我没事了。你现在可以放手了。他像被吓到了一样往后一跳，连忙道歉，他环顾四周，发现食堂里只有他们两个人，他从角落的柜子里拿出扫帚和簸箕，开始收拾地上的茶杯碎片，用海绵擦拭洒落的茶水，尽管大部分茶水已经渗入了水泥的裂缝和孔隙，她坐在那里，右手握着左手，当他看向她时，她对他微笑着说，你真好。他提出要给她泡一杯新茶，她又笑着说，那就太好了。

那天，他送她回到她的住处，兰仆林的一所大房子,前面有高高的紫荆树篱笆,有铸铁栏杆。她轻快地走了半个小时,几乎完全不说话,有几次对他说,她从这里走就可以了,他不必走完全程,或者说根本不需要费心送她。他告诉她,一个人走路很危险。她似乎对此感到惊讶,她张开嘴,似乎想说些什么,然后似乎又重新想了想。她不知道自己所处的危险。或者也许她知道,但并不关心。他开始调换他的班次,尽量与她的班次一致,尤其是她工作到很晚的日子,这样他就可以送她回家了。她不知道独自在荷兰公园和肯辛顿花园散步会被注意,在波多贝罗市场徘徊会被发现。她不知道她曾经被狼群盯上过。她不知道城市边缘的沼泽地吞噬过比她自己能想到的任何罪孽都要深重的罪孽。

在某些方面,她简直是摇篮里的婴儿,柔软而成熟,没有能力保护自己,除了自己的饥饿和渴望,对任何事情都一无所知。在其他方面,她似乎是古老、无所不知、被伟大的智慧所束缚的人。她说话使用短句,她说的东西有时很短,有时又很长,结尾处有一个向上的音符,他不得不等到它们在他的耳朵里安顿下来才能知道它们的含义,她的眼神会与他交会,带着笑意在他身上来回游走,他会感到脆弱和愚蠢,像孩子一样快乐。

他，经过几个月的时间和努力，终于了解到了她的一些事情，如果在别人身上他几秒钟就能猜出来。她是在逃离一些东西。她爱上了某个人。她不确定自己的真相，也不确定自己的存在，她认为这种生活有时是一场梦，很快她就会从梦中醒来，开始真正的生活。在一个柔和而朦胧的日子，他确定地知道他爱她，他对她的爱像任何爱情一样强烈，也一样无望。他告诉她，他爱她，她笑了。

他的父亲告诉他，每个男人都是按一定方式切割的。他的每一个改变都需要进行一次让他变得更小的切割。不能再增加任何东西。这就是为什么男人要做自己的主人，儿子。尽可能地做一个好男人；不要在你的善良面前退缩。耶稣甚至这样说。在他之前，所有的先知都这么说。孩子，听听诗篇吧，上帝的指示：不从恶人的计谋，不站罪人的道路，不坐亵慢人的座位。惟喜爱耶和华的律法，昼夜思想，这人便为有福！他要像一棵树栽在溪水旁，按时候结果子，叶子也不枯干。凡他所做的尽都顺利。不要做别人的男人，只做自己，永远如此。

亚历山大诅咒他的记忆，诅咒他对父亲的话的细微记录，诅咒他无法摆脱这样的感觉，爱上这个几乎不看他的女孩，她几乎没有付出什么，她有时表现得好像甚至不喜欢他。他有时感到自己的脾气在上升，走路时，他用指尖碰了碰她的手，或者手掌轻轻按住她的手臂或她的体侧，而她却退缩或者向旁边远离他。他真想对她大喊大叫，让她滚开，一个人走，自己去对付那些骗子、无赖和混混，还有那些因为她的红唇、蓝眼睛、匀称的身材、白皙的皮肤想要切开她的脸和喉咙的女人。他真想对她大喊大叫，因为她太愚蠢了，像一只羔羊一样在这些邪恶的街道上走来走去，脸上涂着粉和胭脂，简直仿佛来自他母亲，甚至是他外祖母的少女时代的人，没有注意到周围人的嘲笑和偷笑，假装没有在员工入口处等他，在她的包里寻找手套或香烟或打火机，看到他的时候说，噢，你好，亚历山大，几乎都不微笑一下。警察可以在街上拦住他，用警棍打他的头，就像他们曾经对悉德的父亲所做的那样，他就会失去对自己的控制，在诺丁山的一幢排屋里对他的儿子和女儿们咆哮，对他们喊出自己内心的破碎，为了一个他认为自己失掉的乐园。在他看来，如果发生这种情况，她似乎并不会在意，但他每天的每一刻都在为她而活，为了有机会和她说话，接近她，看她在屋前走动，或坐在食堂里喝茶，听她柔和的声音和她那顿挫奇怪的音节，听她笑。他把自己切割成了比自己更小的形状，爱上她让他迷失了自我。

在她的激情到来时，他大为震惊。感觉就像泼出去的水：没办法恢复，泼在水泥上的水，泼洒了一次就渗走了，就像在第一天莫尔杯子里的茶。随后的几年里他们也在做爱，有时她甚至似乎很享受这种感觉，但从未像第一次那样凶猛，突然和激烈，在她寄宿的小房间里，在她经过后巷和洗碗间的窗户把他偷运进来之后。她一只手捂住他的嘴，一只手捂住自己的嘴。事后她叹了口气，他以为她的叹息是一种满足，但接着她转过身去，哭了起来，他突然意识到这所房子的墙壁很薄，他比她的床长了很多，他的脚和脚踝戳在空气中，他的裤子在地板上，他的衬衫还穿在身上，有两个纽扣不见了。他不知道该做什么或说什么；她没有给他任何帮助、指导或暗示。他的直觉一片空白。他把手放在她的肩膀上，亲吻她的右耳，告诉她他爱她。她只说了一句话，没有转向他，用几乎听不见的低语，哦，亚历山大。对不起。然后他穿上衣服离开，没有问她为什么对不起。他爬上后墙，滑下小巷，半跑着穿过回荡着回声的街道，跑向诺丁山的小房子，穿过寒冷的雨雾，跑向他的母亲和父亲和妹妹们，跑向他们温暖而简单的爱。

她在一个礼拜二告诉他她怀孕了。他问她是否确定，她说她确定。从十三岁起她就一直能精确到分钟。她在清晨的时候犯恶心，而且总是觉得很累。她用平淡的声音告诉他，同时把制服前面的绳子系好，长长的手指准确而快速地工作，没有看他一眼。他们站在餐厅入口的拱门里，靠近前台。她似乎并不在意会被谁听到。她问他怎么办。他说，我会娶你。好吧，她说，就这样。他意识到他应该动起来，做出一些姿态，让这次交流不再是冷冰冰的交易，但还没等他想出一个适当的行动，她就用双手握住他的右手，举到唇边吻了一下，他想到了基督，想到了基督炽热的表兄约翰在约旦河边给弟弟涂抹的膏油，当她的目光与他的交会时，他看到了一些他以前没有看到过的新的光芒，她身上的一部分神秘感消失了，取而代之的是带有某种神圣目的的感觉，命运对他的束缚，把他牢牢固定在那里的感觉，这种感觉取决于他自己。

他宣布消息的时机完全错误。他刚说出口，就知道自己选择了错误的时间，错误的地点和错误的语气。他应该等到晚上，等到他们吃完饭，等到阿基利亚和塔莎在场吸收他父母的一些震惊，这样，这个疯狂的消息会传播得更广，分布得更稀，溶解得更快。他惊讶于自己居然会搞砸如此重要的任务。莫尔让他所有的等式都失去了平衡。

清晨，他在去上早餐班之前告诉了他的母亲。她正在走廊的镜子前绕她的头巾，准备去哈默史密斯医院做清洁工作。他的父亲在楼上的浴室里。他的妹妹们都在床上，还没有起床去上学。妈妈，他对着他母亲的背影，对着她脸的倒影说。什么事，我的爱？我要结婚了。跟一个同事的女孩。她是爱尔兰人。她怀孕了。他的母亲停止了缠绕；她的手在头上一动不动。谁的？我的。她说，亲爱的上帝啊，她把眼睛朝着天堂翻了过去，只露出眼白。她停止缠绕头巾，它飘到了地上，她用两只手捂住嘴，然后握成拳头横在胸前，跪在走廊的破旧地毯上。得了，妈妈，别这样，他说。巴——尼，她哭喊着，巴——尼，巴——尼。来呀，来呀，听听这个孩子对我们做了什么,噢,我们养了一个什么样的孩子,一个多么罪恶的孩子,魔鬼从我们身边带走了我们的孩子,留给我们……这个。

他的父亲穿着背心和长内裤从楼梯上下来,走到缓步台,他的脸上是刮胡子的泡沫,手里拿着剃刀。怎么了,女人,怎么了?这孩子做了什么?你做了什么,孩子?你杀了人?警察要来了?怎么了?怎么了?他的母亲在地板上嚎叫起来。他……让……一个女孩……怀孕了……一个年轻的女孩……一个白人女孩……噢,我的心,我可怜,可怜的心。噢,巴尼说,感谢上帝。至少他没杀人。阿基利亚和塔莎现在也起来了,穿着睡衣,睁大眼睛,从他们父亲身后看着他。怎么回事?**回到床上去**,妈妈喊道,她们开始,难以置信地、令人震惊地齐声哭泣,长时间地哭泣,亚历山大多年来第一次对她们感到愤怒,从他还是个孩子的时候起,她们就篡夺了他的王位,篡夺了他父母纯洁的爱。

闭嘴,他吼道。**你才闭嘴**,她们齐声愤怒地吼了回去。等一下,巴尼问,这个女孩多大?她二十一岁。噢。那么,她不是女孩。她是个女人。但你还是犯了罪,虽然。而且你现在被这罪困住了,孩子。听听申命记：人若遇见处女，与她同房，她就要作他的妻，终身不可休她。还有以弗所书：因此，人要离开父母与妻子连合，二人成为一体。他的母亲已经重新站了起来，站在楼梯脚下，一只手扶着栏杆顶，她喊着：闭嘴，丈夫，闭上你那张愚蠢的嘴！关于私生子，圣经里是怎么说的，啊？我告诉你，你这个傻瓜：他们的母亲行了淫乱，怀他们的母作了可羞耻的事，因为她说："我要随从所爱的，我的饼、水、羊毛、麻、油、酒都是他们给的。"亚历山大的父亲若有所思地看着他的妻子，然后微笑着说，你知道吗，黛利拉，我想有时我们对圣经了解得太多，对这个世界了解得却不够。时代变迁，生活艰难。我们不能再寻求跟上它的步伐了。我们必须站到一边，让它过去。儿子，把你的女孩带回家，我们会欢迎她的。

他们在诺丁山的一个教堂里结了婚。阿西西的圣弗朗西斯，一个好圣徒的名字。巴尼和黛利拉说他们不介意那是一个罗马天主教教堂。他们为什么要介意呢？任何能让上帝受到爱戴和敬畏的地方对他们来说都可以。神父很和蔼，没有问他们这么匆忙的原因；也没有要求他们提供保证婚姻自由的文件。他只是宣读了结婚祝词，祝福他们的结合，并在他们的签名下面签署了登记，邀请巴尼和黛利拉上前见证这件事，就这样。一位风琴师演奏了一段轻柔旋转的旋律，让莫尔想起了家，神父请他们坐一会儿。他指了指圣器保管员，后者正拿着登记簿走向圣器室的门。那个人，吉姆，来自梅奥。他在二十年代来到这里，当时还是个光棍小伙子。他从来没有回过家。据他所知，除了一个兄弟，他所有的亲人都走了。想象一下，在离家那么远的地方生活那么久，却又离家那么近。现在，它只需一跳。我是说，到家。花一个礼拜的工资就能坐上飞机。神父看了看亚历山大，又看了看巴尼和黛利拉，最后看了看莫尔，他的目光落在她的肚子上，她本能地把手放在她那小小的肿胀上。生命就是生命，神父说。任何罪都可以被宽恕。这时，风琴师从教堂一侧的小门里走了出来，他们看到她拄着一根棍子，戴着一副有色眼镜。谢谢你，玛莎，神父说，盲人妇女朝祭坛点了点头，然后沿着边上的通道咔咔地走向门口。玛莎是为了帮我才来的。如果没有她，这一天会更冷，你不觉得吗？不管有没有客人，在这么美好的时刻，你不能没有音乐。这一刻你只能有一次。他又从亚历山大看向莫尔,又低头看了看莫尔保护的手,他跟着他那孤独的梅奥郡人走到圣器室门口。

孩子出生了,是个男孩,人人都对他的白皙感到震惊,尽管一开始没有人谈论这件事,他们给他起名叫约书亚,黛利拉认为这是个好名字,巴尼也同意。这是一个承载着耶和华救赎的信息的名字。他是个好孩子,很安静,吃奶快,打嗝快,睡觉快。他有他父亲的嘴唇、耳朵和忧虑的眉毛;他有他母亲的眼睛和鼻子以及她苍白的皮肤。噢,他皮肤的苍白。他的皮肤如此苍白,以至于他的小血管的蓝色都清晰可见。悉德·巴特利特第一次看到约书亚时,从牙缝里轻轻吹了一声口哨,他笑着对他说,小咸鱼,你是谁生的?亚历山大站起来,把手放在他朋友的胸前,把他推向门口,悉德伸出双手,做出忏悔的姿态,对他朋友迸发愤怒,他的眼睛闪烁着惊讶和恐惧。说对不起,亚历山大说。对莫尔和约书亚。

悉德照做了,他俯身到小前厅的窗前,莫尔坐着抱着约书亚的地方,她看得出他真的很抱歉,他的眼睛里含着泪水。我很抱歉,莫尔。他用手掌抚摸着婴儿的脸颊,在他的额头上轻轻地吻了一下,说,对不起,小家伙。

他们把房子挤得满满当当，阿基利亚和塔莎挤在曾属于亚历山大的储藏室里，莫尔和亚历山大以及小约书亚住在女孩们的旧房间里。阿基利亚和塔莎似乎很喜欢她们的侄子：她们每次都一起陪他坐好几个小时，对她们的新嫂子也很体贴。屋子里挤满了人，墙壁上凝结着水珠，到处都是噪音，只有在约书亚睡着的时候，他们才会光着脚走来走去，低声说话。蜜糖男孩在一个下午炸开了锅，对着雨水大喊大叫，诅咒上帝让他发现自己生活在一个潮湿的世界。干，雨，在我头上哭泣，哭泣，主啊，请给我送来阳光，擦干我的眼泪，噢，为什么我必须住在这个泪谷里，噢，主啊，为什么你抛弃了我，请把我送回我父亲的土地，把我从这个肮脏的、湿透的地方带走。黛利拉·埃尔姆伍德在他们后院的隔墙边放了一张凳子，脚踩了上去，靠她强有力的肺大声喊道：蜜糖男孩巴特利特，我发誓，你马上就会有一场复出战，你会被打倒在地。现在闭上你的嘴，你这个疯子，你害得我的小孙子没法睡觉。蜜糖男孩喊着说他很抱歉，隔壁一片寂静。那天晚上，一袋煤从巴特利特家的院子送进了埃尔姆伍德家的院子。

亚历山大密切注视着他的新妻子,试图判断她可能在想什么,可能有什么感觉。她有时会微笑,但她眼中的光芒从未改变;她的声音总是很柔和,她的任何语调或短语都没有给他提供任何线索,让他了解她内心的想法。晚上,在两次喂奶之间她睡得很好,在他给孩子换尿布并把弄脏的尿布拿到楼下的水槽里冲洗时,她会感谢他,等他回来时她已经睡着了,他不愿意叫醒她。他想问她这一切是怎么发生的,他现在是个有妇之夫,是个父亲,她在这一切之中扮演了什么角色。这一切之中她知道会发生的有多少。当他依偎在她身边时,她从来没有动过,但他也没有感到不受欢迎,她有时在睡梦中微笑,婴儿动的时候也会跟着动,他就用手肘撑着,看着她们俩,听着她们的呼吸,轻柔的哼声,仿佛她们的呼吸是一体的。

他对宇宙精确的等级排列感到奇怪,为什么似乎总是需要实现平衡。他能读懂任何水的起伏和流动,这种能力使他有了平静的生活,稳定的工作;人们在他身上感到一种熟悉的温暖,一种分担他们的负担,帮助他们的渴望。他几乎总是知道在任何特定情况下最好该说什么或做什么；他能读懂任何情况以及相关行为者的面貌和举止，知道自己该在哪里以及如何行动，最好做什么或不做什么，说什么或不说什么，以此引导事情走向和平的结局。他能读懂任何人的迹象，除了他自己的妻子。仿佛一只手赠予他的礼物被另一只手拿走了。尽管他一直知道其中的真相，但听到他母亲说那个女孩很伤心的时候他还是很震惊。那个女孩很伤心，很伤心，我的儿子。她心里有一些沉重的东西，给她带来负担。也许她在想念她的妈妈。她的家人。她甚至没有给他们写过一封信，这是不对的。我问她，她只是摇头。不——噢，她说。就这样。还有一件事，黛利拉说。你打算怎么在这里抚养那孩子？悉德·巴特利特的保护是不够的，因为他结交的朋友都是硬汉。那孩子太白了，不适合做黑人的儿子，尽管他这么完美。

当时，亚历山大觉得自己是个孩子，而不是一个二十三岁的男人，一个六英尺二英寸的男人，一个父亲。他考虑着门外的世界，到处都是人，这个嘈杂、不可预测、危险的世界，这个城市冰冷的水泥景观，无花的田野，湍急的深河，他感到他的孩子和妻子面临的所有危险的重量汇集在一起，形成一团黑暗，攫住了他的灵魂和光明,他知道他必须在被恐惧吞噬之前撤退。

莫尔离开时,他感到自己很愚蠢。他应该想到会发生这种情况。一天傍晚,他下班回家,她已经走了。他的母亲坐在厨房的桌子旁,用一个带奶嘴的瓶子喂着约书亚。至少她一直等到了他断奶。他的父亲坐在对面,双手托着下巴,老花镜低低地戴在鼻梁上。在他面前的桌子上有一张纸。我们以为她要去商店,儿子。或者去酒店,也许是去问一下她的工作情况。我们没看到她拿上了她的行李箱。她回去找她的家人了,孩子。我猜她比她说的更想念他们。我猜她终究还是爱他们的。她留下了这个。巴尼举起那张皱巴巴的纸,然后把它放到桌子中央。黛利拉摇着头,微笑着看她的孙子,除了低沉的舒缓的哼歌声之外一言不发,一首轻快的曲子,一首船歌。他努力地回忆着它,回忆他父亲在他童年时唱歌的声音,回忆着它的歌词。那将是多么大的挑衅啊,无视这封信,只是唱起歌,把他的儿子抱在怀里,给他唱歌,唱一首来自他父亲的土地的歌,让孩子入睡,或者,更好的是让他微笑,让他的眼睛盯着自己,因认知和快乐而亮起。对这封信,对上面的任何文字,对写这封信的那只手,他只感到愤怒。

我们要让它平息，孩子，让它平息一会儿。莫尔回到她来的那座青山上了。对她来说就像休假一样。女人在孩子出生后有时会失去自我。对吧，黛利拉？他母亲点了点头，嗯，嗯，肯定是这样的。我现在要告诉你一件事，亚历山大，告诉你一个除了你爸爸以外没有人知道的秘密。我在我妈妈死前的一封信中告诉了她，她直接给我回信说她也遇到过这种情况。在你来到这个世界之后，我曾认真考虑过逃离一切。我看了一两次城市里的大河，河水又高又深，我对自己说，我可以很快离开，离开一切。当一个女人有了孩子后，她的身体和思想都发生了各种各样的事情。世界似乎是颠倒的，没有意义，有时感觉好像她最好与她的孩子分开，她的孩子最好与她分开。但它总是会过去，这种疯狂，它只是短暂的来访。这不是一件可以持续的事情，否则就不会有女人生第二个孩子，慢慢地，全世界都会死掉。这就像是对一些无形罪孽的惩罚，一些很久以前的罪孽。女人为黎明时分在天堂的树下所做的事情付出了漫长而沉重的代价。女人为人类的罪恶付出了代价，她独自付出了一切。莫尔明白这一点。她会回来的，如果她不回来我们就去找她。可以吗，我的宝贝儿子？亚历山大点了点头,并惊讶地发现他的嘴唇上有自己眼泪的咸味。

在莫尔家的第一天,亚历山大醒来时,一阵剧痛钻入额头中央。他模糊地记得,他到了尼纳镇,住进了一家早餐旅馆,制订了第二天早上寻找莫尔的计划,在早餐旅馆下面的咖啡馆里问一些眼睛瞪得大大的、脸色通红的人是否知道该地区姓格拉德尼的人,警察到了早餐旅馆门口,跟店主太太大声说话,他以为是她叫他们来的,被告知要离开,去了隔壁的酒吧。一群人盯着他,笑着拍他的背,问他各种各样的问题,请他喝了一品脱又一品脱的黑啤酒,发生了一些误会,又发生争执,被一个原来是莫尔父亲的人救了出来,坐车离开镇子,沿着一条狭窄的路爬上一座山,来到一座看起来像电影里的小房子。他到达时,莫尔对他大发雷霆,但后来又握住他的手,对他很温柔。他起初不明白她在说什么,或者问什么,他也无法给她一个明确的回答。你为什么在这里?约书亚在哪里?你为什么喝醉了?他最终告诉她他的父母在哪里,在路边的一家旅馆里,他们四个人坐车过来的,他先来找她,约书亚和他的父母在旅馆里等着。她因愤怒而变得阴沉,她的眼睛闪烁着灼热的光芒；她像动物一样龇牙咧嘴。为什么你就不能让我一个人待着？让我他妈的待着吧，亚历克斯。你想从我这里得到什么？她开始哭了，剧烈的抽泣，他坐在床边看着她哭，他把她抱在怀里，她让他抱，她低声说，噢，亚历克斯，我该怎么办？我该怎么办？

在那一刻，他痛恨自己如此爱她。他告诉自己，这是因为他们的儿子，他对莫尔的爱只是他对孩子的这种神圣的、疲累的情感的反映，这是大自然的诡计，让一个男人对他孩子的母亲有这种感觉，所以他保护她不受伤害，这样她就能活下来，生更多的孩子，这样物种才能世代繁衍下去。但他知道这不是真的，无论如何他都会爱她，即使她没有生育能力，如果她什么都不给他，他也会像个大傻瓜一样，他会跟着她来到这个荒凉的绿色之地，一个绝望的朝圣者，一个苦修者，一个小丑。在他们离开时阿基里亚和塔莎哭了，求他不要走。回忆起她们的恳求，他心如刀割。他告诉他们他会回来的，莫尔需要休息一下，看看她的家人，他们会在一个礼拜之内一起回来。但他在说这些话的时候就知道这些话全是假的，他要离开他所熟悉的一切，离开他的妹妹和朋友，离开他出生的那条街，离开他的工作和他晚上学习工程学的计划，离开悉德和蜜糖男孩，以及蜜糖男孩那洪亮又折磨人的声音。他的父母穿着他们最好的衣服，紧紧地站在那家酒店门口，离开他们时他感到胸口一阵疼痛，一直到喉咙，让他们自己回到伦敦，回到那所对他们来说现在看起来又大又空的小房子，他希望他从来没有看到过这个瘦小的白人女孩，他看不懂她的表情，他不了解她的心。

莫尔的父母对他们突然成为外祖父母感到震惊，对突然出现在他们家和他们生活中的一个高大的陌生黑人感到尴尬。他能感觉到他们的不自在让小屋的空气变得凝重。他下定决心尽可能少说话，让他们适应。反正他也没什么可说的。他带着儿子来是为了让他有个母亲，而他来这里是为了有一个妻子，照着上帝的旨意和她一起生活。他想知道他对上帝旨意的援引是否会打动他们，并迅速断定不会。他猜测他们的信仰和他父母的一样热切，只是比较安静：他不认为他们会在争吵时着对方大喊圣经经文，或者说他们根本不会有很多争论。基特似乎总是在笑；帕迪似乎总是想说什么，然后又决定不说。在他面前他们似乎没法坐下，而是在他身后走来走去，安排事情，把东西整理好，或者从厨房远处墙上看起来很古老的柜子里把东西拿下来；给另一端巨大的明火添火；泡茶；做三明治；问莫尔孩子还好吗，他睡着了吗，她该在什么时候喂他，他需要换尿布吗。他看得出，基特被这个孩子迷住了，帕迪也不例外，但他不太愿意为他大惊小怪，因为对帕迪这样的男人来说，大惊小怪是女人的事。

这个地方的绿。到处都是绿色，树木繁茂，树篱斑驳，有明有暗，每一种颜色都有，在他的视线所及之处是连绵不断的草场和青山，银色线条的湖，在湖的远处，在蓝白灰的地平线下，有更多绿色，更多茂盛的山脉和森林。沿着路边，沿着小径，一簇簇鲜花在绿色中闪耀。树枝上垂下的浆果从树篱里伸出，一切都在绽放着，喧闹着，滴落着生命。就连雨也闪着绿色的光泽。砖块、混凝土与绿色、树木和鲜花的比例令人眩晕地倒置：几乎无法承受。伦敦有它自己整齐排列的绿色岛屿，四面都被石头压着。在这里，整个世界都是一片柔软的泥土和绿色，偶尔点缀着灰色，蜿蜒曲折的道路稀疏地排列着，汽车被列成一类缓慢地在上面移动，人们在上面行走，穿着深色套装，配有白色领子、打结领带，戴着平顶帽的老人踏着吱吱作响的自行车，威严地看着他们周围的世界，慢悠悠地交换着一天的问候。然后，到了晚上，星星的光芒让人心旷神怡。

帕迪和基特没有要求他做什么，但他读懂了帕迪在第一个礼拜的一个早晨离开小屋前在门边的停顿和对他的注视，那是对他的无声要求。好孩子，帕迪说，这是亚历山大第一次起身陪他去检查牲畜和栅栏。我在棚子里为你准备了一双备用的胶鞋。如果你想穿的话，我也有连体工作服，但它们可能不太适合你。不管怎样，你会很好的。如果有什么脏活累活要做，我就去做。他对信息的传递是敷衍了事的，说得平淡而缓慢，就像在和一个孩子说话。杰克曼家有一群夏洛莱牛。夏洛莱牛是一种从法国带到这个国家的牛。肉用。牛肉。我们不用挤奶，感谢上帝。如果它们产奶的话，我们就要成大忙人了！也有羊，而且在产羔季节会很忙，不过羊大部分时间都能自我管理。不过，我们还是要注意观察它们。杰克曼家也有马，还有一条跑道，马在那里跑步，训练赛马，就在这座山的远处，朝巴利威廉方向，但他们和我们一点关系都没有。我甚至分不清马的头和屁股。

从那时起，他每天早晚都和帕迪一起巡视田地。在亚历山大看来，似乎帕迪觉得有义务带他参加每天两次的巡视，教他管理的艺术。仿佛有一天要把农场的管理权交给他，亚历山大，作为某种挪用的继承权。他会指着一些东西向亚历山大解释，并以传授古老智慧的方式指导他执行任务，亚历山大认为，帕迪没有别的办法来框定他心中这种奇怪的交往，这种他从未想过自己会有的关系。他帮忙检查栅栏和大门，必要时进行修理，并清点动物。我告诉你一件事，每次他们比较数字时帕迪都会说。有第二双眼睛真好，这样我就能确定我数的数是对的。他帮忙把干草从一辆拉在古老拖拉机后面的拖车上叉到圆形喂食器里。帕迪个子不高，身体强壮，满嘴都是关于天气，新闻，季节变化，花草树木以及什么在开花、什么在凋谢的话题。在一个寒冷的晴朗夜晚，他们帮助一只母羊生下了一只臀位出生的羊羔，帕迪吩咐亚历山大把自己靠在母羊的脖子和肩膀上，让她躺在稻草床上，以免她试图站起来。母羊剪毛后成了粉红色，她抬起脖子，把眼睛转向亚历山大，有那么一瞬间她好像在哭，然后又好像在笑，他能做的就是说，嘘，别紧张，当帕迪把他的手推到羊的身体里，把粉白色、湿漉漉的小羊拉到这个世界上。亚历山大感到所有的齿轮都对上了，感到发生在他身上的所有奇怪的意外事情都被某种仁慈的全知力量融合在一起，在一片富人的土地上，在一个穷人的陪伴下，这座小小的石头建筑正是他命中注定要来的地方，他的生活正在慢慢地、奇怪地、完全按照它应有的方式展开。

学校里有个老师叫他和悉德一对黑崽子。白人、巴基斯坦人、尼日利亚人和牙买加人对彼此都有蔑称。他曾经被酒店的一个厨师叫作黑鬼。一个他不认识的人，他刚开始上班。他听到那个人说，那个该死的黑鬼去哪了？他错过了服务铃，而厨师正双手各捧着一个盘子在接餐点等待。他们面对面的时候，那个人又说了一遍。你去哪儿了，你这个该死的黑鬼？那人的牙齿咬得很紧，薄薄的嘴唇往后缩；他的眼睛里有仇恨。亚历山大感到他的腹股沟里有种爬行感，从他的腹部往上移动，他的器官和肌肉在紧绷，在整顿，准备战斗或逃跑。他意识到自己身体的反应，并任由它发生。他把他的笔记本和笔放进衬衫口袋里，双手握成拳头，那人开始显得心虚。亚历山大在自己心中感受到了这个人突然的胆怯，感受到了他胆量的消解。他说，把盘子放下，到外边来，当面叫我黑鬼。噢，别这样，那人说。这只是一个玩笑。我只是在跟你开玩笑，伙计。别那么敏感。我对每个人都是这样说话的。我叫帕迪全家他妈的米克人，叫西班牙人他妈的斯皮克人，还有……嘿，我是个诗人，我还不知道呢！现在那个人在虚张声势，在假笑；他很尴尬，也很紧张，脸涨得通红，而亚历山大仍然不为所动，亚历山大比厨师高三英寸，重四十磅，年轻十岁，他认真考虑要给那人一个教训，但他听到蜜糖男孩巴特利特隔着他记忆的墙壁尖叫，可怜的蜜糖男孩被人用棍子打在额头上，他的大脑被打伤了，毁了。

但在这里，他没有战友，没有家庭，没有牙买加咖啡馆，没有主日学校或密室教堂，没有自己人的街道，没有悉德在他身边大摇大摆，挺胸抬头。在这里，他的黑人身份就像他儿子在诺丁山的白人身份一样引人注目，现在所有差异带来的痛苦都属于他了，这是必然的。到处都有人盯着他。他假装无动于衷，但实际上他总是能意识到人们的目光，意识到人们的低声猜测，意识到有人在拿他开玩笑，也在拿莫尔、帕迪、基特和约书亚，甚至是杰克曼夫妇开玩笑。起初，他很享受他奇怪的名气。人们掩着嘴互相交谈，上下打量他，然后转过头去，当他们认为他看不到他们的目光时，又会回头看。有些人很厚颜无耻，公开地盯着他，有时还微笑着，似乎在期待他随时会开始某种表演，为他在他们中间的存在提供某种理由；他有时期待人们会开始向他扔硬币，仿佛他是个街头艺人，或一个乞丐，某种异国修行者。

在亚历山大和约书亚搬来几年后的一次大斋节期间，在村里的商店兼酒吧兼邮局里，一个在酒吧柜台前喝酒的人举起一个小纸板硬币盒，上面有一张黑人孩子的照片，他喊道：嘿，昆塔·金特，嘿，看看这个，我们在这里为你的小伙子们收钱，让他们不会挨饿！你觉得怎么样？亚历山大从那人手中接过盒子，把它放回收银机旁，他从口袋里拿出一张一英镑的纸币，把它折进上面的槽里，他站在那人面前，低头看着他，用鼻子呼吸，他知道那人不能退缩，也不能收回对他的称呼。他必须在吧台边的其他男人和商店柜台排队的眼光锐利的女人面前挽回面子，这场小规模的对峙以僵局告终，亚历山大离开了，他的右手捏扁了基特派他来买的切片面包和半磅火腿。

他对曲棍球是什么运动只有一个模糊的概念。他在伦敦的旅馆里听人谈论过它。当然,是爱尔兰人:没有人会关心一种只在一个国家由野生动物玩的游戏。他记得一个九月的礼拜天,一个搬运工蜷缩在食堂的角落里,耳朵贴着一台晶体管收音机,不时地吼叫着,每次搬运工头从门口向他招手的时候,他都让对方滚开,最后他跳了起来,打着空气,嚎叫着,脸上挂着泪水。他的球队赢得了某个大奖杯,某次决赛;亚历山大不知道也不关心,但他还是握住了那个人的手,听着他告诉他胜利的消息,速度太快了,他的一半话语都听不懂。他记得那人一遍又一遍地说着:呀呼,孩子,呀呼,孩子,干死那帮王八蛋,呀呼,孩子。

当一个男人从湖边的公路上开到半山腰,停好车,走在通往房子的草道上,手里拿着一个像缩短了的钝曲棍球棒的木头玩意时,亚历山大预感到要发生什么。他来了,帕迪说,好像他早就知道会这样,好像这是一场安排好的约会,一场相亲。那人说,上帝保佑,并对着他们在小屋后面扩建的齐腰高的墙壁吹了声口哨,亚历山大和帕迪从他们的劳动中完全直起身来,那人靠在旧墙的角落里,把他的武器举在他面前。你知道那是什么吗，亚历克斯？他当然知道，帕迪赶紧说，好像是为了不让他的女婿过于尴尬。他怎么会不知道什么是曲棍球？上帝保佑我们，他在这里的时间还不够长吗？

于是他的星星迅速升起，照亮了那片狭窄的天空。俱乐部的级别不高：他们需要赢得一个次级冠军才能晋升到顶级联赛。来自湖边路的那个人叫作康尼，每天晚上都会对他进行一个小时的训练。亚历山大学会了抛起硬皮球，挥杆击球，用球杆末端控球，平衡地奔跑，在奔跑中把球从球杆末端弹起，把球抛起，飞快地击球。队友们在训练中对付他的凶残程度让他感到震惊，他们用肩膀撞他，猛击他的横膈膜，让他喘不过气来，他躺在球场的草地上，气喘吁吁，筋疲力尽。康尼低头看了看他，转身向队员们吹了吹哨子，让他们停下来听他说话。基督耶稣啊，小伙子们，你们他妈的能不能更他妈用力地打他，让他再坚强一点，不然图姆的小伙子们就会他妈的杀了他？这样的训练夜复一夜地继续着，在大多数晚上，几十个人从村子里穿过田野来到基尔科尔曼，站在边线上，看着帕迪·格拉德尼的黑人女婿像斯巴达新兵、像战俘、像圆形竞技场里的死刑犯一样，被狮子和野狼折磨着。主啊，多么壮观。谁会相信呢？真

奇花异果

是一件让人心情愉快的事。

他很笨拙，但速度很快。康尼告诉他，他的第一次触球是个耻辱。对此亚历山大大笑起来。对谁来说是耻辱？对什么来说？球队中的其他所有男孩和男人从会走路起就开始玩这个游戏，他们一生中的每一天都在练习，可以不假思索地接球和击球，不经意地传球，纯粹凭本能在对手身边躲避。而边线上和像自行车棚一样的小看台里的一些老年人，仍然对他们大喊大叫。他从未听过这样的话。滚吧，你们这些浑蛋滚蛋。回家去吧，吃你的饭去吧。你们他妈的在做什么？抬起头来！醒醒吧，你们这些蠢蛋！女人也一样，尖叫着，各种各样的意见和辱骂。其他球队的球员们就像要杀了他一样，一有机会就把他压在地上，用球棍砸他的腿、肚子、胳膊和背，他在第一场比赛中浑身都疼。帕迪说他没有被杀死很幸运了。去他的吧，孩子。这不值得。这只是康尼的白日梦。他脑子里想，由于你是黑人，你会很容易学会它。但是亚历山大在第一个春天和夏天一直在比赛，比赛的小公园里挤满了人，从没见过这么多人，都是为了看那个打曲棍球的黑人。他学会了躲避那些所谓的打手，学会了用侧面接球，在球杆末端保持平衡，学会了全速奔向对方的球门，并在最后一秒改变方向，就在那些大块头后卫将他杀死之前，将球弹回手中，投掷出去，挥舞起来，在球网摇晃之前想象它在摇晃，没有多作考虑、干净利落地将所有动作连接起来。

他不是累赘，有时甚至常常是助力。他的速度无可比拟。他可以让自己的身体去任何地方，但没法让球跟着去。他可以穿过拥挤的防线，进入球门，几乎把球带过门线。但他不能准确地传球，也不能从外场进球：球不会为他弹起来，也不会朝他眼睛的方向移动。他们赢得了足够多的比赛来升级，在他们最后一场比赛的晚上，俱乐部的酒吧里举行了一次聚会，自他在斯瓦格曼旅馆的孤独之夜以来，他再一次喝了黑啤酒，一个摄影师和一个拿着录音机的人问他的背景以及他是如何来到这个村庄，成为这个曲棍球队的中锋的问题，他告诉那个人，他爱这个地方和这些人，他娶了爱尔兰最美丽的女孩，他的照片被拍了下来，他的队友们围着他在俱乐部的前面，在接下来的礼拜天，他在全国性报纸的版面看到了自己，莫尔摇着头，闭着眼睛，她说，噢，耶稣基督，亚历山大，你他妈为什么要这么说？爱尔兰最漂亮的女孩？真是令人羞愧！基特嘘了她，让她在小伙子面前注意自己的言辞，帕迪有点生气了，虽然他一般不会发火，但他呵斥道，报纸上能说她的事情要糟得多，远比这更糟糕。如果她觉得有一个像亚历山大这样的丈夫还不满意那她简直不知感恩，他离开了他的国家和他的家人，过一种对他来说如此陌生的生活，并且尽最大努力去适应，成为一个有用的人，成为一个优秀的人，耶稣基督啊，你应该为自己感到羞愧，莫尔·格拉德尼。

康尼给他在尼纳的铝厂找了一份工作。那里多是城里人：他们的声音比村民的声音拉得更长；他们在生产线上来回喊着笑话和侮辱。他用一台有磨齿的机器工作，磨齿压住平板，并根据磨齿的排列方式使其变形，而这些排列方式是根据一个金发碧眼的小个子女人每天送来的图纸复制的，她会对他微笑，站在一旁看着他着手安排设置他的机器进行一天的工作。她很想看一眼你的鸡巴，一个男人说，整个队伍都笑了起来。她听说了一些谣言。*很大的谣言*。他对这个笑话笑了笑，他觉得自己被羞辱了，他也说不清楚为什么会感到羞辱，但他试图把自己缩小到机器后面，侧身站在队伍里，稍微弯下腰,把身高降低一两英寸。他骑自行车往返,除非下大雨,一旦下大雨,帕迪就会开着他的老奥斯汀送他,在整整五英里的路程里他会不停地谈论着什么,亚历山大并不全都听得懂;他喜欢让老人的话语围绕着他,填补他周围的空隙,他喜欢帕迪在工厂门口的告别,说,回头见,爱。始终是爱。

帕迪激起了他对树木的迷恋。他有时会停下来,把手放在树干上,说,过来,亚历山大,感受一下。亚历山大会摩擦树干,帕迪会说,你感觉到那棵树的树皮有多结实吗?你看到树叶有多宽多圆吗?再看看树干从底部的宽阔处分割成几个独立的树干的方式。这都是衡量这棵树的坚韧程度,以及它的实用性的办法。这是一棵由大自然设计的树,为小动物提供空间,为那些会在自然环境中死亡的东西提供庇护和帮助。它叫欧洲桤木。在过去,砍伐这种树被认为是一种致命的罪行。哦,上帝,是的。如果你这么做,你自己也会被砍的!他们说,欧洲桤木里有解药,虽然我现在不知道如何从树上提取解药。那种知识已经随着岁月的流逝而消失了。或者,他可能会在他们居住的山顶附近的橡树列的某个地方停下来,说,知道吗,亚历山大,关于橡树,最了不起的事情是：它可以活一千年。这里的每一棵树在诺曼人来到这个国家之前就在了。这个国家唯一真正自由的生物是我们古老的橡树！它们像恶魔一样汲取水，是的。它们在外边会渴死。它们总是在这个潮湿的国家茁壮成长足以证明。白桦树可以经受任何形式的干旱，如果需要，它可以靠露水生存，但橡树每天可以从地里吸收一百加仑的水。橡树产生的每一百万个橡子，你知道有多少能长成自己的橡树吗？一棵。你能想象吗？

亚历山大的新鲜感渐渐消失了。一位黑人医生来到医院工作，不久之后又来了一位棕皮肤医生，他们有一个黑人妻子和一个棕色妻子，还有黑色和棕色的孩子，莫尔·格拉德尼的黑人丈夫亚历山大·埃尔姆伍德不再是什么大不了的了。突然之间，有几个外国人可供人们观察和琢磨。他从生产线上调到了工厂办公室，工会方面出现了一些麻烦，但很快就平息了。有些人在食堂里叫他叛徒，有人问他是不是要给菲茨威廉家族当走狗，他发现自己有一段时间是独自吃午饭的，但他们很快就意识到，他在负责工资，而且他从来没有像他的前任那样在计算加班费方面犯过错。而且从来没有因为打卡时间短而发生过争执，也从来没有因为假日工资或奖金或银行假期加班而耽搁过,随着时间的沉淀,他们的伙伴黑亚历克斯就在办公室里照顾着他们,这让他们很高兴。

卢卡斯·杰克曼要求亚历山大去美化他的前院草坪。亚历山大对此感到惊讶。卢卡斯·杰克曼总是以冷漠的态度,以近似蔑视的方式对待他。他知道卢卡斯·杰克曼只看重其他富人。但他的要求很直截了当,理由也很简单:他希望花园看起来很棒;他有经常和他做生意的客人,一个养护良好的漂亮花园会给人良好的印象,使人们的心境处于某种状态。他知道亚历山大和帕迪一起做了些景观美化工作,他看到帕迪把小屋的花园和沿着森林的树篱打理得很好。亚历山大在帕迪的建议下对花园作了规划,他在开始之前向埃伦·杰克曼展示了他的粗略草图和笔记,他向工厂申请了一周的假期。他用间隔良好的白杨树围成花园,丁香和野生沙果树向中心靠拢。他用胭脂红满天星、翠雀花和羽扇豆围成一个内圈,在最中间的浅心形假山周围种上仙客来、一品红和茉莉花,这样,花园在冬天就会有色彩。帕迪帮他用一棵被风吹倒的树的树干做了一个情侣椅,他把它靠在花园尽头的墙上,并沿墙架起了玫瑰花。在一个晚春的夜晚,他和莫尔坐在情侣椅上,因为他在花园里的工作即将结束,她告诉他,花园很美,他正在创造一些非常、非常漂亮的东西。她说,这不是第一次了,并对他笑了笑,一个罕见的笑容。我爱你,莫尔,他说。我也爱你,她低声说,没有看他,在那一刻,他相信了她。

他的母亲写信给他,说他的父亲快死了,他飞回了家,只剩一天时间,他的父亲用力捏着他的手,说他很骄傲,就像一个男人所能做到的那样为他的儿子骄傲。几年后,阿基利亚打电话给邮局,给他留言说,妈妈正在去应许之地的路上和爸爸在一起,他没能及时赶回家道别。莫尔跟他一起去了,她对他很好,对阿基利亚和塔莎以及他们的丈夫和孩子也很好,她安排了妈妈和爸爸的家具的分配和他们可怜的财产的分割,以及将他们的房子移交给住房互助协会,亚历山大惊讶地看到那位身材魁梧的女士还在工作,现在块头没那么大了,甚至脚步也慢了,脸色依然红润,她急于穿过房子,再次离开。当她离开时,转身对亚历山大说,你的父母是很好的人。她握住他的手,握了一会儿,他看得到她的眼角有一滴泪。

工厂关门了,他开始了自己的生意。卢卡斯·杰克曼敦促他的朋友们在需要做景观设计时考虑他。他发现自己的业务量很大。卢卡斯·杰克曼坚持为他支付设备,一台好的齿轮割草机和一辆坚固的拖车,以及一把新的电锯,还有工业绞盘,亚历山大对这种大手笔感到尴尬,但卢卡斯让他把它当作商业贷款,利率低,期限长。但每当亚历山大去还他任何一部分钱的时候,卢卡斯·杰克曼都会拒绝。帕迪和基特建议他把钱存起来,这样他就有钱可以还,因为担心卢卡斯的脾气会突然改变。帕迪在他有繁重的工作时帮助他,并向他建议,什么样的植物可以相互扶持,什么样的植物会彼此竞争。他学会了正确绘图,并在小屋旁边的棚子里弄了一张绘图桌。他赢得了可靠、创新、有价值的声誉,一两个季节之后,似乎五个教区的每一幢豪华住宅都有了一个埃尔姆伍德花园。

每个晴朗的礼拜五,他们都会在小屋旁野餐。莫尔会在果园入口处边上柔软的草地上铺上一条毯子,一个阳光充足、由最大一棵树枝叶斑驳的树荫凉爽着的地方,他在他们的笑声中,在约书亚的喊叫声中走上小路。爸爸!爸爸!我看到爸爸了!男孩会跑到花园门口迎接他，他弯腰亲吻约书亚，他们坐在果园的地上，莫尔、约书亚和他，有时还有帕迪和基特，或是埃伦·杰克曼，他们喝茶，吃三角三明治、苹果馅饼和葡萄干面包，约书亚会给他们讲他一天的故事。他在学校听到的关于孤独的巨人的诗，他在小道上结识的瓢虫，那个借了他的彩色铅笔并把它弄坏的女孩，但他并不介意，因为他要娶她，关于卢卡斯·杰克曼之前打电话时给他的五十便士。几年的时光就这样过去，约书亚越来越不喜欢讲故事，而更喜欢把它们写下来，藏在他的卧室里，他们不得不把他拽出来，最后他让他们知道了自己的一些秘密：他如何想成为一名作家，他如何与一个女孩牵手，但他没有亲吻她，他亲吻了她，但不是嘴唇，亲吻了嘴唇，但他们的嘴是闭着的，而且只有几秒钟，他们会听，会笑，会感觉到阳光照在他们的脸上，还有甜美的微风，莫尔会闪着幸福的光芒，亚历山大·埃尔姆伍德的心会获得平静，世界会围绕着它的轴旋转。

雅歌

SONG OF SONGS

约什走过鹅卵石铺成的广场,来到河边,感到一阵温暖的平静和轻松。河水正在汛期,水位高,水流汹涌,搅起的泥浆泛着棕色。他要跳进去,无拘无束,他要跳进去。他因解脱和期待而感到头晕;他的恐惧是短暂的,只是狂喜中一点微小的颤动,很容易忽略掉。从墙上落下去的时间很短,他会向前倒下,头朝下穿过水面,落进水里,一次不含空气的吸气,然后他就会走掉,消失,被水流送进大海。他爬上低矮的墙,在两个假城垛之间站稳,耳朵里充斥着河水奔流和血液急速流动的声音。他闭上眼睛,慢慢呼出一口气,身体向前倾斜，就在这个时候他听到身后传来了声音，急促的脚步声，一声喊叫。喂。喂，你在干什么？

他回过头，看见一个女孩，双手叉腰，身体微微前倾，似乎有点喘不过气，他认出了她。她站起身朝他走了过来，观众也开始起哄，发出嘘声，弹着舌头嘲笑他，他看到了她的脸和眼睛，她的眼睛是棕色的，张得大大的，头发向后梳，编成了致密的辫子，整齐的黑色纹路沿着她的头部变成细细的尾巴一直延伸到肩膀。之前她刚张嘴想说话他就离开了麦克风，把自己的诗揉得嘎吱嘎吱响，丢到了地上。他看到，现在它在她的手里。基督啊。他那首蠢爆了的诗在她的手里，在他盯着水面看的时候她很有可能已经读过了，总是这么胆小不敢行动，不敢下手，不敢跳，不敢让自己远离这个世界。

她正在微笑，他踏回鹅卵石广场，面对她站着，非常在意自己垂在身体两侧的双手。她穿着一件白色的T恤，微风吹过她的身体，泛起波浪，松散地塞在牛仔裤的腰带里，上边印着切·格瓦拉，他突然想要，可笑地告诉她是一个爱尔兰人，戈尔韦的小伙子，拍下了这张古巴革命英雄的照片，他听到自己在说话，而他说的却是，我只是，只是看看，看看那条河，嗯，她说，没什么，你不用解释，我只是想把你的诗还给你，你走下舞台的时候把它弄掉了。耶稣基督啊，他说，低头看着她的脚，看到她的蓝色匡威和牛仔裤的喇叭裤脚全都湿透了，泥点一直溅到了膝盖，她好像是踩着水坑跑过来的，他反射般地为刚才的说法道歉，他的脑海里隐约回想起一些说法，关于伦敦某些地方古板的宗教信仰，很多人都是重生基督徒或者耶和华见证人之类的信徒，他重新抬起头，看到她脸上的微笑消失了，取而代之的是一种探寻、担心的表情，她拿出他那首皱巴巴的诗说，很美。我在等你的时候大略读了一遍。我以为你在厕所里。然后我在巷子里看到了你就追了上来。我喜欢他对天鹅大喊大叫而它们无视他的那部分。你应该上台读的。他们会喜欢的。

我紧张了，约什说。他伸出手接过那张纸，看到自己的手在发抖。他的手，他看到，被握进她的手里。很高兴认识你，她说。我是霍妮。我一直在找你。

约什现在很尴尬。霍妮在桌子对面冲着他微笑，她的手平放着，他就是忍不住想去看。她的骨骼从手指向后延伸，笔直的细线在手腕汇聚，形成一个完美的弧形三角洲，涂成白色的长指甲，指节处的皮肤皱褶，拇指根部附近的柔软堆积。她的手简直太美了。怎么可能会有这么美的东西？简直就像是哪里出了问题，在同一个地方过度使用了美丽，造成了宇宙的溢出。不知怎么，她的手感觉很危险，他好像会因为它们而变得愚蠢或者暴力：假如现在有人走过来粗暴地抓住其中一只手，他可能会攻击那个人；他可能会被这双手害死。

他不敢抬头看她的脸:她的脸一定更让人无法自持。他知道她的下巴、嘴唇、鼻子、眼睛、额头和编成辫子的头发,这些地方都是完美的,但是在这个时刻,看着它们,看着她的微笑,对他来说太难了;如果他开口说话,他会哭得像个孩子,或者会结结巴巴,或者会脱口说出他爱她,他想娶她,愿意为她而死。他考虑用自己的一只手握住她的一只手。不。不可能的。她没有给出任何欢迎他这么做的信号。但两只手都手心向下平放着,触手可及,离他自己的手只有差不多一英寸远。他为什么不能勇敢点?

从他们第一次见面,从她救了他的命以来,至少他认为是她救的,已经过了一个礼拜了,不过他们从不提起这件事,在每天晚上她要回家的时候才会隐约暗指,她会向他保证第二天她还会来,她会一再确认他没事,他很好,在她回来的第一天他在她脸上看到了如释重负的神情。

咖啡店要关门了:灯一盏一盏地熄灭。秋日的夕阳低垂,轻柔地照在女孩的脸上。店主的声音洪亮:他一边把凳子甩到桌子上一边唱着歌,一首约什非常熟悉的歌。*Chi-Chi-bud-oh, Chi-Chi-bud-oh, some a dem a holla some a bawl*[1]。他几乎不敢相信自己听到的是这首歌,在这里,在离家这么远的地方,但是过了一会儿一切都那么合情合理。霍妮说,来吧,我们去河边走走,堤防那边又有公共麦克风了,跟上次不是同一个地方,也许你今晚可以朗读一首你写的诗?但是他摇了摇头。他无法想象自己现在或者以后在观众面前朗读。他只想为她朗读,他只想让世界由他和她组成。他只想为她读自己的故事,关于圣经里那个盲人的故事,他的另类福音,他不敢相信自己是多么迫切地想给她读。他想让她知道他会成为一个著名作家,而她会成为著名作家的妻子,他们会一起抚养著名作家的孩子,至少三个,也许四五个,孩子越多越好,这样她就必须待在家里照顾他们,等他这个著名作家回家,没有人能够粗暴地抓住她,把手放在她的手或者其他任何部位上,把她从他身边夺走。

你们可以再待十分钟,店主对他们说。我要算账了。你们放松点,好吗?喝完咖啡,慢慢来。他对他们

---

[1] 牙买加童谣,歌词大意:成群的鸟啊,成群的鸟啊,有的在大喊,有的在大叫。

微笑还向约什使了个眼色，约什试图回个眼色结果却是同时用两只眼睛眨的眼，让他看起来像是有问题一样，老板似乎很困惑，于是回到收银台旁继续唱着关于鸟的歌。霍妮跟老板很熟：她是这里的常客，她的大学就在附近。两人陷入沉默，霍妮的脸上带着期待的表情，好像在等他说些什么，或者问些什么，或者透露一些关于他自己的事情，一些秘密的事情。

他在头脑一片空白的情况下开始跟霍妮讲起了以前他和母亲、外祖母在夏天的下午野餐的事情，他们会坐上一整天，还有他在学校里曾经坐过的课桌，是他们要建一座新学校的时候，他的外祖父从村里的旧校舍里抢救出来的。讲起有的时候他们的邻居埃伦·杰克曼会从大房子走过牧场，在小屋的旁边与果园的入口之间，她和他的母亲会一起坐在草地上摊开的毯子上，她们能够清楚地看到小路的下方，他的外祖母会从小屋的厨房里端出一盘盘吃的，有一块块苹果挞、奶油、小面包和撒着巧克力糖霜的小圆蛋糕。

霍妮用双手托着脸，手指沿着脸颊伸展，在他说话的时候她的眼睛在微笑。她时而轻声地笑，时而轻声地重复一些话语，那些她不熟悉的话语；他老是忘记语态，他的句法在她听来一定很奇怪。我以前是个胖孩子，约什说，霍妮笑了，她的眼睛现在不一样了，有了新的光芒，她说她能想象出来，他一定是个漂亮的孩子。小孩子就应该胖胖的，她说。充满了糖、善良和爱。如果我有了孩子，他们将会是大胖子。我会用他们想要的东西把他们塞得满满的。约什现在也笑了，他继续说。

妈妈和埃伦·杰克曼总是在笑，只有她们俩才懂的笑话，这种事老是惹外婆生气。我们家住的房子和周围所有的土地都属于埃伦·杰克曼。或者她的丈夫。所以我外婆在她旁边总是表现得有点紧张，等她走了之后外婆总是会对妈妈说，那个人来这里的时候你能不能庄重一点？真是丢人现眼。像个傻乎乎的小女生一样傻笑。她也好不到哪里去。可别忘了，她脚下有地头顶有房，你没有。规矩点，莫尔。但是妈妈只会笑。

我们等着外公和爸爸回家。外公总是先到家：见到他之前我们会先听到他的自行车踏板的吱嘎声。他是个邮递员。我们会听到他唱着歌沿着道路上来。我会跑过去接他，他的身上会散发着清新空气的味道，仿佛他被风洗过了一样。夏天的时候他的头顶总是棕色的，还长着斑，因为他梳到中央遮丑的头发撑不住自行车的速度。天气晴朗的时候头发就会散开，因为他不戴帽子，头发就会在身后散开。他会把我放到自行车的横杠上，推着我上山回家。然后他会挤近我的旧课桌里，外婆或者妈妈会给他端来一杯茶，他会掏出一条手帕，用它擦擦脸和头然后看着天空微笑着说，啊，生活不就是这样吗？他还会讲起他已经讲过上千次的故事，这张课桌就是他上小学时用过的那张，以及有一天英国士兵拿着枪闯了进来，命令他们靠墙站在黑板前，用枪指着校长带走了他，因为他参与了前一晚导致尼纳三名警察死亡的警察局射击案，外婆会打断他，说，你能不能别说谎了？那时候你都没出生呢！

外公会清清嗓子接着宣布：我出生在一九一〇年。我这双眼睛见过不少事情。然后他会瞪大眼睛盯着我的脸。我这双耳朵听过不少事情。然后他会拽着他的两个耳垂摇动它们。我这双手干过不少事情。然后他会伸出两只手做出爪子的样子，接着突然转身抓住我的喉咙假装要掐死我，我就会大笑起来。我一直记得外婆每次的反应都是一样的：闭嘴你这个傻瓜。你又瞎又聋，一直都是，你的手连屁股都擦不干净。但是她也会在背后大笑。

然后我爸爸就会来，从小路走到波林。而霍妮打断了他。波-林到底是什么？约什听到这个词从她嘴里出来就笑了：用她的伦敦口音说出来听上去很奇怪，很有趣，很性感。他在这一刻感到幸福，真正的幸福，他存在的这一刻具有他可能存在的任何时刻中最好的一面：最好的气味、味道、质地、颜色和形状；没有人能比他面前的人更漂亮；没有故事能比他给那个美丽的人讲的关于他童年夏天在果园里野餐的故事更令人愉悦；没有声音能比她说**波林**的声音更有异国情调更美味或迷人。波-林到底是什么？

他告诉她这只是**小路**的意思，他还告诉她他的父亲是他的大多数邻居亲眼见过的第一个黑人。约什在这里停了下来，因为他需要注意自己的声音。他知道现在他不会哭了，但他讨厌他的声音出现嘶哑，悲伤让他喘不过气，说不出话；人们尴尬而同情地看着他，有时会伸出一只手来揉他的某个部位，通常是上臂，他们会说这样的话：啊，好了，好了，毫无意义的音节没有锚点，没有重量，没有力量，飓风中翻腾的小鸟。他开始向霍妮讲述他的童年，讲述它的样子和感觉，他清楚地看到他的父亲在说话，他快乐的脸和宽广的笑容，他巨大的手，把一束束树苗抬到他外祖父的拖车的平板上，说，跟我来，儿子，我们要种这些树，我们要吃冰激凌。他在车里感觉到风吹在脸上，因为他爸爸开车时总是把车窗完全放下，他能听到他在唱那首咖啡馆老板的歌，令人难以置信，似乎很神奇，他正在唱，**成群的鸟儿啊**，那首关于鸟儿的呼唤和回应的歌，每次唱的时候都会改变。

他听到父亲强有力的甜美声音，唱出了反问句的最后一个音节，**成群的鸟儿啊**，他能听到自己的回答，**有的在大喊，有的在大叫**，他告诉霍妮他父亲会怎么唱出一句，他为她唱，让她知道是怎么回事，**有些是黑的，它们总在歌唱**。他唱出了他给父亲的答案，**有的在大喊，有的在大叫**，他的父亲会唱，**有些是燕子，它们在追苍蝇**，约什会再次回答，提高他的声音，对抗急促的风，朝向天空、云彩和太阳，他的父亲会唱，**有些是大人物，它们很有钱**，约什会再次回答。他的父亲会编出新的歌词，**有些是姥姥，她们在做水果蛋糕**，**有些是杰克曼，他们在骑马**，**有些是姥爷，他们是邮递员**，**有些是约书亚，他们爱爸爸**，这首歌会一直唱下去，一直唱到尼纳或博里索坎或瑟尔斯,甚至到利默里克市,一直到他们工作的花园。他看到他的父亲站在工地的中心,慢慢地转过身来勘察,先用眼睛测量他的边界和树木的线条,然后小心翼翼地踱步,看着他的草图和笔记,和自己争论:该死的,亚历山大,你这是什么意思?噢,你这个蠢货!约什等待着,笑着说,来吧,爸爸,我想要我的冰激凌,他的爸爸就会并拢鞋根立正,敬礼并喊道,先生,是的,先生,哒嘀,哒嘀,队长想要他的冰激凌,向前走,向左转,三步并作两步,在树枝之间大笑,在约什身边转圈,他的长腿和手臂上下翻飞,进退自如,而约什笑得几乎无法呼吸。

他向霍妮讲述了他最早的记忆,他站在一片齐膝高的草地上。他的母亲和父亲站在上坡,面对着他,向他伸出双手。他们身后是太阳和蓝天。他们的笑声,呼唤着他,来吧,慢性子,来吧。当他试图向他们走去时,斜坡和厚重的草地使他的速度变慢,他开始哭了,说,回来接我吧,背我吧,我累了。当他向她描述这一幕时,他几乎能感觉到父亲的手放在他身上,把他举起来,仿佛他是纸做的,放在宽阔的肩膀上。他感觉到自己不受地心引力束缚,他感觉到他的手指和手掌下父亲眉毛上的皮肤褶皱，他感觉到父亲的大手放在他的膝盖上，在他们翻过山头，开始向远处的小溪走去时，稳稳地扶着他，他们将坐在桤木树下的地上，看着跳跃的鱼。他从这个奇怪的角度看着他的母亲，她的头顶，她走路时鼻子和嘴的侧面，她脸颊的曲线。他伸手摸了摸她的头发，她转过头来，抬头看着他，笑着说，嘿，你，小仙人！他听到他父亲温柔的、隆隆的笑声。他感到他对他们的爱是纯洁的，他们对他的爱也是纯洁的，这种爱的力量，就像大地本身一样巨大而坚实。

他告诉霍妮，他的父亲在不情愿的情况下，为了帮助他的朋友康尼，参加了曲棍球比赛，只打了几场，结束了这个赛季。曲棍球？他向她描述了这项运动，就像冰球一样，但是有一个皮球，你可以把它捡起来，这是世界上最古老的田野运动，而且速度最快，是古代国王的运动，她摇了摇头，似乎这部分是他编的。他描述他的父亲，用右手低头握住他的球杆，这是一种非正统的风格，看起来很笨拙，比球场上的任何人都快，但对比赛来说太温和了，很不愿意挥杆因为害怕会伤害别人。从中场冲过去，把球往上一扔，再往下一击，穿过对方守门员的双腿，进入球网后部，守门员跑出来面对他，用肘部砸向他父亲的脸,他的头就这样往后一缩,腿一歪,跪倒在地,然后向前扑倒。守门员俯身对他父亲喊道:去你妈的,你这个黑鬼。替补队员、教练和一些观众冲到边线,还有他向前跑向他父亲躺着的地方时,他腿上的沉重的恐惧感,他父亲的一个队友与守门员在地上搏斗,所有的球员都在冲突,到处都是肘部、拳头、膝盖和腿。咒骂和喊叫声,还有约什不知道是什么意思的话语,似乎每个人都在打人,他看到父亲从地上站起身,微笑着从骚乱中走出来,走向边线,走向他,并向他伸出手,说,来吧,儿子。我们回家吧。这场比赛会要了我的命。一个愤怒的声音从他身后传来,说,嘿,埃尔姆伍德!你不能就这么走了!你他妈的为什么不打他?他的父亲向那人伸出他的手,说,你为什么不为我做这件事?他的父亲笑着说,来吧,小伙子,我们去买个冰激凌吧。

咖啡馆老板现在正站在他们的桌边,脱下围裙,发出低沉的笑声,说:你唱得很好。那首见鬼的歌!它在我的脑海里挥之不去有些日子了,我简直无法摆脱它!约什觉得他的尴尬又涌了上来,像一股洪流冲向他,他感到脸颊发烫,他无法相信自己。说话,像这样说话,在这个陌生的地方向这个女孩倾诉他的悲伤,这个他并不了解的女孩:她一定认为他是一个自私的浑蛋,一个愚蠢的、自私的爱哭鬼,一个男孩,一个迷路的小男孩,可悲,可笑。她花时间陪着他是出于某种义务感,某种由他们共度的时间强加给她的责任。她穿上外套,向咖啡馆老板道谢,而他能摸到自己外套内侧的口袋里放着他的故事的折叠页,他想他回到公寓后会把它们烧掉,扔到水槽里,这样他就能轻松地冲掉证据,他可以考虑重新开始,或者放弃,放弃,放弃。

约什仰面躺在他陈旧公寓狭窄的床垫上。那个从夏天开始就和他合租的罗斯康芒小伙子走了,回爱尔兰去他父亲的杂货店里工作。他很想念父亲。尽管他是个没用的浑蛋,总是少付一半租金里的几英镑,总是在索取。所有的事情都是以**儿**为后缀,以减少他的吝啬,试图使事情看起来很小,微不足道,容易报答。给我一根**儿**你的烟吧,先生,嗳。嗳,发工资之前能借我点儿钱吗。嗳,老大,我可以吃你一块**儿**比萨吗,嗳?总之,他走了,飞走了,还欠了一个月的房租。去他的,还有他那该死的**儿**。约什在韦弗利的洗碗间还有几个礼拜的工作，工作结束后他就会逃走，而那个古怪的驼背房东可以从他的押金中拿走未付的租金，剩下的就他妈别想了。他还活着。他毕竟还活着。出乎意料的是，他还活着，而且还在恋爱。他得把那件小事解决了，那件致密、庞大的小事，让他无助，绝望，被锁在欲望的晕眩轨道上。

约什在安静的清晨很开心，至少很平静，在车流的嘈杂中听着远处鸟儿的叫声，抽着一根没什么劲的大麻烟卷，只为尝一口大麻的甜薄荷味，他半梦半醒地想着一个初夏的雨天，四年前，或者是五年前，就在假期开始的时候，他和一个女孩走在香农河畔，他们并肩坐在湖边的一块芦苇沙地上，他们脱掉了上衣，她亲吻他的侧脸，沿着他的胸膛向下，一直向下，他看着蓝天和密集的云朵，在那一刻，他似乎得到了上帝的微笑，受到了上天的赞许，之后他们躺在低语的湖边，向上看着燕子和海鸥。她低声说她爱他，他是她的男人，他的心也跟着膨胀起来，他们手牵手走回大路，沿着大路走到她家，她的母亲也在那里，女孩拉着他的手站在他们闪亮的厨房里，介绍着他，她母亲的眼睛在他身上来回扫视，她的嘴唇抿着，眼皮皱着，他知道她在想什么，他看得到她脑海中闪现的画面：他们在山坡上的小房子，以及他父亲和他外祖父在后面扩建的部分，还有他衣衫褴褛的母亲，他的父亲和他深棕色的皮肤，他古老的套装，他在弥撒上戴的佩斯利图案蝴蝶结，他的外祖母和他的外祖父，他们生锈的汽车，他们的地位和虔诚，他们可怜的信仰。他知道她能听到流言飞语和嘲弄的笑声正在回荡。他知道自己还不够好。

他伸出右手摸了摸床边地板上的一堆手写书页，它们订在一起，边缘磨损，到处都是更正和划掉的词句。他还是没有烧掉它们，现在他很高兴。他没有副本。他认为这个故事是他父亲的故事；是他父亲给了他这个故事的灵感，而且他一直在想象，如果他父亲读到这个故事，他会有什么反应。如果他读到最后一行，他会慢慢地摇头，然后抬头看向坐在厨房桌子另一端看着他读的约什，并说：就是这样，儿子。就是这样。这就是我说盲人的故事还有更多内容的意思。比约翰福音告诉我们的东西更多。你写得比圣经还好，孩子。他会笑，那种笑从他内心深处的某个地方开始，向上突破，让整个房间充满声音和光芒。约什认为今天他要给霍妮读这本书。反正要读其中的一部分。

他不知道这种冲动从何而来，这种奇怪的欲望，给她读他自己写的词句，他还没有把握的词句，在她听的时候抬头看她的脸，也许她闭着眼睛。也许他会让她难堪，让她处于一个尴尬的位置。如果她认为那是狗屎怎么办？他已经向她吐露了他的童年，跟她讲了那些愚蠢的礼拜五野餐，他感到他的快乐退却了，因为他的脾气又上升了，上升，扩大，充满了他，现在他母亲的脸在他头顶的烟雾中清晰可见，她的蓝眼睛充满泪水，因为他向她尖叫，尖叫，她是个婊子，她从不爱爸爸，她从不关心他，她是个婊子，婊子，婊子。

霍妮等待着，观察着约什的脸。虽然只有一个礼拜零一天的时间，但她对这个男孩有足够的了解，知道当他低着头，手里拿着书页，闭着眼睛的时候，她能说的最好的话就是什么都不说。他早晚会再次开始读的。而她将不得不吸气，并在缓慢呼气之前屏住心脏的五六七次跳动，让自己不笑出来。为了不笑出来，她几乎要让自己窒息。他的脸，他的眼睛，他构建词句时嘴唇移动的样子，他的男孩式的严肃，他尽力慢慢读的样子，他的口音，和她以前听到的一点都不一样，这让她非常想笑，她不确定到底为什么，她知道她不能。她知道那天在堤坝上他并不是真的在看河。她知道他所处的危险境地。

她花了整个夏天来寻找他。好吧,至少是留意他。给朋友打电话,描述他的情况,给她被告知他可能去的地方打电话。当她的朋友雷蒙德在大学前台留言说,一个爱尔兰口音、黑发的约书亚·埃尔姆伍德,穿着马丁靴只有不到六英尺高,已经在他的诗歌公共麦克风上订了一个位置,她感到了胜利。她找到了他。那么,她为什么不独占他一段时间呢?在她的十九年里,她从来没有自私过。反正她不记得。当她母亲离开时,她甚至没有大惊小怪,只是在她承诺每周来看她时点了点头,说,再见,妈妈,就这样。

她感觉到他现在很快乐,或者说接近快乐。她读了来自纽约的阿基利亚和澳大利亚的塔莎的信,其中并没有生命的紧迫。留意亚历克斯的儿子。他们认为他在伦敦的某个地方。他和他妈妈吵架了。然后是一页左右的闲聊,每封信都附有同一张照片,是几年前约什的脸,也许是十八岁或十九岁,看起来像是护照照片,脸色苍白,不苟言笑,微微眯着眼睛,让你看不出他的眼睛有多漂亮,下巴轻蔑地抬着。他不是一个失踪的人,更像是一个被想念的人。无论如何，他现在是她的，她的秘密，她的温暖的安慰，她的投影。她很快就会告诉爸爸她找到他了。她从未见过这样的男孩，如此柔软和认真，对自己毫无认识，对自己的自私一无所知。她想对他大喊，醒醒吧，醒醒吧，这个世界很艰难，不管你的心，它都在向前冲，人们永远不会变成你想要的样子，人们对此很固执，坚持做自己，即使他们想成为别人。没有人可以永远隐藏。

寻找约书亚·埃尔姆伍德。她一直在脑子里构思一个剧本。她现在已经把它一幕幕构建了起来。她可以看到它被打印出来，写上序言，装订成册，作为她的电影研究课程的最终设计提交。她可以看到她导师的脸，听到他惊讶和赞美的话语。她会得到一个 A，一个第一，也许还有一枚奖章。她把它拍了下来，进行剪辑，卖给全世界；她还设计了 VHS 的封面。一个有着黑色卷发的男孩，头发过长，部分遮住了他的脸，棕色的眼睛深邃而悲伤，半转身走向一个女孩，他们的手向对方伸出，指尖几乎接触但还没有，每个人的背景都不同，显示他们被空间或时间或两者分开。或者，也许它只会去艺术节，戛纳、圣丹斯；也许它会赢得不起眼但令人垂涎的奖项。无论怎样，她现在找到了他，通过命运的某种甜蜜转折，她仍然不能完全相信他是真的。

她对着他微笑。故事的书页就在他的腿上。他把前几行读给她听，她低声说，噢，上帝。这真是太悲伤了。他不得不停下来，因为她的这句话让他觉得自己很傻，好像他的第一句话用力过猛了，想说的想做的都太多了，他又在想，为什么这对他来说成了一件近乎生死攸关的事情，给这个他基本不认识的女孩大声朗读这个故事，在一个烟雾弥漫的晚上，在靠近堤坝的一个酒吧里，他站在用啤酒箱搭建的舞台上，在一个噼啪作响的麦克风前默默地湿着眼眶出丑，她就这样碰巧遇到了他。是什么驱使他来到那个地方，来到那个颤抖的时刻？感觉就像他的最后一站，一些细小的高尚的东西作为他的压轴表演，一些微小的生活化的幻想。要成为一名作家。在公众面前宣布自己是一名作家。即使在那时，尴尬也阻碍了他，缺乏信念，担心世界对他的看法，这个世界被压缩成自己的五亿分之一，在伦敦后街酒吧的几排酒吧椅和桶状桌子上无趣地排列着，河鼠在潮湿的石边嗅来嗅去。

约什又在想，为什么感觉这是唯一的选择，而不是把自己交给冰冷的河水和湍急的水流，河水快速地流淌，把自己搅成蓝黑色，冲向大海的自由。他笑了，清了清嗓子，她也笑了，当他看着她时，她的眼睛里有些东西让他的心加速跳动，他觉得他可能会死，就在这个巨大的疯狂城市里的这个肮脏、发霉的公寓里，自从他离开他的母亲和外祖母以及他小小的围墙内的生活后，他就失去了自我。来吧，约什，她在说。来吧，请给我讲讲这个故事。她听起来像是真的想听，或者她是一个非常出色的骗子，但是他想到了那条泛滥的河，以及她是如何让他从那里退缩的，于是他重新开始。

在他的母亲有了第七个孩子后,他就上路了。他没有被放逐,但他知道自己是个负担。一个盲童除了当乞丐外没有任何用处,而他不能在自己的村庄里当乞丐。在他被高烧夺去视力的一年后,他的父亲用角豆树的硬木给他做了一个手套,用柏树的花和树胶制成的某种刺鼻的药水进一步硬化了手套。手套由两部分组成,一部分套在他的拇指上,另一部分套在他的四个手指上。他的父亲向他展示了如何使用这个装置来观察。当拇指部分与手指部分碰撞时,声音的回声会告诉他路径上物体的大小、形状和质地,很快他就能分辨出树木、墙壁和道路两侧，以及被雨水冲开的洞，还有废弃的罐子、岩石和几乎所有大小的石块，他学会了走路不跌倒，甚至都不用他父亲用橡树枝给他削的细直棍来探路。

因此，在他离开的那天，他带着他的木制咔嗒手套和他父亲的旧手杖，这根手杖因遭遇顽强的野兽而断裂，用肠线固定后，刚好够帮助他行走，还有他一直穿着的补丁长袍和粗布斗篷。他在清晨离开，中午时分他登上了他们山谷的山坡。太阳穿过最热的子午线时，他感觉到它就在自己的最上方。他知道早春的气味，树液上升和花朵向蜜蜂敞开心扉的气味，以及动物们沿着翻开的泥土的沟壑散布的丰富污物的气味。他知道鸟儿的叫声，但不知道它们的名字，所以他自娱自乐，把他的思绪从母亲、父亲和兄弟姐妹身上转移开来，给他听到的鸟儿的歌唱命名，用每个物种特有的声音为其命名，他想到每个物种都有一个雄性和一个雌性。他想到每个物种都有雄性和雌性，它们可能会有不同的叫声和歌声，因此他调整耳朵去听回应的呼唤，去听用颤音或曲调作出的回答，他推测唱冗长复杂歌曲的、卖弄的、恳求的是雄性，而敷衍的，甜美的颤音的回答者是雌性。

约什发现自己忘记了呼吸，一口气匆匆挣扎着读出了那些话。他突然觉得很尴尬，这种感觉变得细腻，难以忍受。耶稣啊。他所使用的词，他所写的方式。**顽强的？污物？敷衍的？** 他在想什么？为什么他要用这么夸大、虚假的口吻来写这个故事？他感到自己的尴尬在升温，让他的脸、脖子和耳朵发红，汗水冲破了他的皮肤：他感到想呕吐。

霍妮把一条腿移到她身下，约什能看到她牛仔裤下摆下面，匡威鞋上面的脚踝骨。他想象自己轻轻地亲吻那块尖锐的地方，然后亲吻她的膝盖后面，然后向上来到她的手，然后是她的脖子和嘴唇。她露出一个冷漠的表情，嘴唇挂着一丝微笑，她又叹了口气，说，噢，约什。你读书的时候真有趣。这么严肃。你念词句的方式那么谨慎。仿佛它们是世界上最重要的词一样。

他的尴尬在几次怦怦的心跳中渐渐变成愤怒，他用手紧紧抓住他读过的书页，它们挤成了一团，几乎要撕裂，她说，耶稣啊，你在做什么？不要撕掉你可爱的故事！约什，你还好吗？这时他想起为什么这个故事如此重要，他觉得自己的羞愧和愤怒退却了一点，足以让他能够告诉她，这个故事是他父亲的主意，他们在一个礼拜六晚上一起去做弥撒，只有他们两个人，他父亲喜欢去做弥撒，尽管他甚至不是真正的天主教徒，他真的听了福音故事，因为它们让他想起了他的父母，他们对福音书了如指掌，可以一字不差地引用整个段落。他的父亲一路走来，从山上到村里，再从大路回到山下的小屋，都在谈论约翰福音中的盲人。盲人被法利赛人询问关于耶稣的事，被耶稣的门徒询问关于他的母亲和父亲的事，还有失明了这么久之后，看到东西的感觉一定很好。我告诉你，约什，我们并没有从写福音书的老约翰那里得到完整的故事。他对我们隐瞒了很多！

霍妮现在坐在沙发边上，靠向他，她在观察他的眼睛。母亲和父亲。上帝啊，上帝啊，他们造成的痛苦，而他们本应站在孩子和痛苦之间，本应浸泡它，堵住它，阻止它，用亲吻来解决它。她告诉他，她的母亲从她男朋友的车后面转过身，一只手放在打开的后备厢盖的边缘，对她说了些什么，看起来像是**我会想你的**的形状，但她不确定：她的嘴唇以**我爱你**不会有的方式接触，说**我爱你**嘴唇不需要接触，但想需要嘴唇接触，**想想想，爱爱爱**，看出区别了吗？但你可以改变记忆来适应你自己，适应你的伤口的形状，如果她现在问她母亲她说了什么，她母亲会说她说的是，我爱你，如果这是她想要听到的东西。

她告诉约什，她的父亲静静地站在门口，看着她母亲离开。他是多么沉默，多么安静。她不明白她母亲怎么会突然不爱他了。怎么会有人不爱他。即使在他疯狂的时候，他也是完美的。即使是最糟糕的他也是完美的，是他本该有的样子。

约什没有回答，只是看着她，然后低头看他的书页，他继续读着。

他想知道，他们会不会寻找他？他的父亲会不会在山谷的田野和山坡上，呼唤他的名字？他会不会走在河岸边，或沿着河边涉水，寻找他盲眼儿子的尸体？他会不会在河水流进山谷平坦的谷口沼泽那里停下来，沿着散发着恶臭的平原看一看，然后转身回家，带着他的小畜群和成长中的孩子，边走边耸肩？现在这已经不重要了。他伸出左手，咔嗒作响，知道前面的路是直的，它将缓缓向下倾斜近五英里，然后陡然上升到两座山之间的山口，他知道在最近的山脚下有一个小树林或树丛，一条小溪从山的东面开出一条路，绕着小树林蜿蜒而下。在咔嗒着走得更近一些之后,他知道小树林里有果树,他从它们的气味中知道,有晚熟的橄榄和早熟的杧果以及其他一些他不认识的气味独特的未成熟水果,当他感到天凉下来的时候,他有食物、水和住所。而他,出乎意料地,很满足。

他咔嗒咔嗒地走过小树林,为他的营地找到了树枝最粗、树冠最厚的那棵树。他从这些树的高度和不规则的树枝还有他口中的橄榄果肉的薄度知道,这些树是野生的,没有村民或农民的栽培,他们会把树修剪得低矮,并把果实培育得很肥。他比以往任何时候都更远离他的家,他猜测是二十倍左右。甚至可能比他父亲去过的地方都要远。他想知道这是否意味着他是勇敢的。他喝着浅浅的溪水,甘甜清凉,他吃得很少,虽然他知道树上的果实很好,而且他知道那是野生的,但他仍然感到内疚,仿佛一个还不习惯盗窃的小偷。

那天晚上他睡在一棵树下,这棵树的树干有四十步粗。他把床铺在两根粗壮树根之间一个长满青苔的缝隙里,当他渐渐入睡时,他感觉到了这棵树的仁慈,它知道他在那里,它为他在树皮上的温暖感到高兴。没有兔子会来啃咬它脚下的这个生物。白粉虱可能会被他的气味吓到。一阵低沉的嗡嗡声似乎从树下的某个地方传来，充斥着男孩的全身，抚慰着他疼痛的身体和灼热的双脚，他沉沉地睡到了早上，当他醒来时，他所能记得的梦都是甜蜜的。

噢，霍妮说，声音很轻，约什暂停朗读，抬头看她，他意识到拿着书页的手有点颤抖。她在对他微笑，一种悲伤的微笑，但很美，她的气味如此甜美，他觉得自己的脑袋在旋转。他又在想，当他写这个故事时，在小屋的厨房桌子上，在他房间的小桌子上，在从尼纳到都柏林的公共汽车上，在去威尔士的渡轮上，在从那里到伦敦的大巴上，在他住过一段时间的棚屋里，以及现在这个墙壁潮湿的小公寓里，在他用蓝色圆珠笔在A4笔记本上写下一稿又一稿的时候，自己在想什么。在他写这本书的时候，这本书显得多么重要，现在看来多么可笑，多么陌生，多么勉强，多么做作，多么显摆，所有那些夸张的词和可笑的语气，还有关于咔嗒声和树的垃圾。但所有这些都是真实的，他知道，关于盲人使用咔嗒声进行导航，以及树木的嗡嗡声，从土壤中，从大地的肉体中汲取力量。去他的。他还不如继续读下去。

他就这样走着,直到他走过的日子等同于他活着的年头。就这样,半个月过去了,他在一个城镇的边缘停了下来。在走近镇子的大门之前,他挺直身子,一动不动,感受着这个地方的空气,感受着皮肤上的风,品尝着它的气味。他知道他已经远离了大海,但他仍然在微风中尝到了盐的味道,还有香料、香水和一种磨粉的臭味,他猜想这是一个属于商人的地方,有休息的商队和负担不堪的野兽,人们在这里以物易物地生活,用炼金术将发现的东西变成矿石。他把左手放在斗篷里,轻轻敲打,以免引起注意,努力接收回声,以便在集市和飞驰的街道上规划自己的道路，找到一个地方坐下来当一个乞丐。树木轻易地给予，只在乎你从树枝上轻轻地扭下它们的赏赐。他知道，人们会更快地抓住它们的果实。

他找到一个靠矮墙的阴凉处，两边是一排柏树。没有人喊他走，他脱下斗篷，叠在脚边，把裂开的手杖放在身边等待，斗篷上留下了一些施舍，他轻轻地感谢施舍者，有些人问他来自哪里，他告诉他们他的村庄的名字，一个女人说她知道那个地方，她曾经去那里参加过婚礼，那个地方的人很善良。她的声音带着颤音，就像一只应答的鸟，而他发现自己回答她的声音有一种暗示和恳求交配的语气，他惊讶于自己，惊讶于自己体内升起的温暖，惊讶于自己胸口刚刚开始的跳动。她说，到我家里来，吃你的晚饭。你只是个孩子，离家很远，你一定是与上帝同行，才会独自走到这么远的地方而毫发无损。

那天晚上，她第一次为他跳舞。此后的每个晚上，他都从他在阴凉的广场上一排柏树旁的乞讨地点走到她家，她给他送上晚饭并跳舞。他用拇指适时地在她的桌面上敲打，以配合她的脚在她家地板上的轻轻拍打。为了看她跳舞，他不需要敲击，只是静静地坐着，甚至不吸气，感受她的涡流和旋涡，感受她用身体制造的扰动和微风，感受甜美又温和的香水和汗水的风。她跳舞时轻声哼唱，她有时用一种他从未听过的语言唱歌，但她的歌里有一个词似乎很熟悉，但这些词的含义会在他理解前消失，就像拥有记忆前的梦。他总是知道什么时候该走了。她会停止跳舞，沉默不语，而他也会一言不发地离开。过了一会儿，男人们开始往他的手掌里塞金币，低声问那个女人是否在她的房子里，她那天是否在接待客人，他把他们领到她的门口，用他的手杖敲打，有时她会打开门，向他表示感谢，男人会从他身边走过，进入房子，门会关上，他回到他的乞讨地点，有时她会说，不，他后面的男人会叹息、抗议、抱怨他，好像这是他的错，在这种时候他总是会把金币还回去。

每天晚上，他都睡在镇子周围低矮山丘一侧的小树林里，但离镇子很远，这样太阳就会晚些在他身上落下，早些升起，他在下面睡觉的那棵树和他旅行的第一晚睡的那棵树的周长和高度相似。它的树枝又粗又密，低垂在他的头顶上，所以他睡觉时树叶有时会抚摸他，他的床在两根树根之间的青苔裂缝里，就像第一晚那样。他的施舍总是很多,所以他很少忍饥挨饿,他把大部分硬币给了那个女人,其余的给了其他乞丐。孩子们有时会跟着他到他的树下,但他们从不像嘲笑其他瘸腿乞丐那样嘲笑他,只是问他为什么闭着眼睛还能看到东西,他们会问他能不能看看他的眼睛,他就会睁开眼睛,尽管这样做会使他感到痛苦,他们会惊叹于他眼睛的蓝,以及眼睛中心无用的滚动球体,他们会玩一个游戏,在他面前举起一个物体,比如说一个水罐,或者一棵树的树枝,或者一个面包,他会敲击他的木质手套,然后猜测,总是能准确地猜中那是什么物体,孩子们会对这个魔法感到恐惧,又会高兴地尖叫。他们会问他们是否可以戴上他的奇怪手套,他会让他们戴,让他柔软的手指晒太阳,而他们则扮演敲打的盲眼乞丐,他会把他的指甲咬到露出嫩肉。

每晚睡觉前,即使是北风吹来的寒气,他也会感觉到一股暖流从大地涌向他。他感觉到一种振动,就像昆虫的心跳一样微小而迅速,从树的木头上传来,穿过它粗糙的树皮,通过暴露在外面的根部顶端,把他紧紧地包裹起来。他感觉到他左手的手指和拇指与角豆树的木头结合在一起,他的父亲就是用角豆树的木头做的咔嗒咔嗒的手套,他感觉到手套与树的木头结合在一起,硬化的树脂与活树皮上的新鲜树脂混合在一起,他感觉到树伸出它的根,抬起它的树冠,向它周围的树木低语,问它们是否需要帮助,它们是否知道有什么树需要帮助,树木的低语就像他想象中投进池塘里的小石子激起的波纹那样扩散,向外,向外,向外扩散到地上,从地上扩散到其他地方,扩散到海洋,与无数其他低语的波纹相交。他感觉到月亮和眨眼的星星以及它们神圣的和谐,它们共同的意图,它们对彼此和他的了解,他知道这个世界不是唯一的世界,这不是中心或舞台,而只是一个无法想象的整体中既微小重量也相当的一部分,他像睡在了巨人的圆肚皮上一样感觉到了旋转的速度。

慢一点，约什，霍妮说。你需要欣赏你自己的文字。你需要让每个句子有它的空间。拓宽你的元音。约什感到额头、脸颊和脖子上有一股热流刺痛着他。他知道自己的声音很刺耳，很愚蠢，很乡土，对这个聪明、美丽的城市女孩来说，几乎无法理解，这个在街头趾高气扬的天使。甚至她吸烟的方式也很酷，长长地呼出一口气时，她的嘴唇微微皱起，他试图吸入她的烟，这样她体内的东西就会进入他的体内。昨晚她在他的房间里换上了女服务员的制服。一条黑色紧身裙和白色上衣。她把她的小妖精乐队T恤留在了他的羽绒被上。巨大，巨大，我大大的、大大的爱。当他躺在床上无法入睡时，他把它按在自己的脸上，吸着她。她没有要求他这样做，她一定没有注意到，或者她是故意留下的，是一面领地旗，标记着她的领地。

季节一个接一个地彼此叠加,他成了一个男人。而那个女人仍然在每天晚上等待。当他被要求时,他仍然引导雄性鸟儿到她的门前,有时它们恳切的呼唤得到回应,有时则不会。她的风也变了,但依然美丽;他现在能更好地测量它们,知道她的脚步的精确性,知道她的胳膊、腿和手指的长度,知道她脸颊的曲线,她嘴唇的形状和丰满度,她腰部的温柔山谷,它边缘的完美线条,她的骨骼令人心颤的压力穿透皮肤,她嘴唇上方的褶皱,像一个小河床,她的耳垂的下垂。一天晚上,她拉着他的手,把他从桌子上领下来,让他躺下,躺在他身边，伸手推着他，她一丝不挂，他也是如此，她家的遮板锁着，他记忆中第一次向上帝祈祷希望自己能看到。

第二天，镇上发生了一些变化。当他带着他的咔嗒和手杖行走时，他能听到从远处的山坡上传来的不寻常的喧闹声，还有一列人马的踏步声，就像一队没有骑马和武装的骑兵，人们在城墙上向新来的人喊着问候，还有人在喊着警告和威胁。他在山上犹豫了一下，但好奇心驱使他继续前进。他咔嗒咔嗒地穿过拥挤的人群，来到阴凉的广场上的一排柏树旁，他坐在那里听着，品尝着像云一样悬挂在市场上空的奇怪气味。这些新来的人不是买卖人，也不是带着产品来卖的农民，不是商人，也不是表演者，更不是城市派来统计和征税的官员：他们是一个自称由上帝派来的传教士的信徒。几乎就在他推断出这一点的时候，他听到两边和前面传来一阵脚步声，他被人抓住手脚，抬起来离开了他的乞讨地点。某种直觉告诉他不要喊叫或挣扎，他知道背着他的人很强壮：他们的呼吸不紧不慢，他们的动作平稳而迅速；他们背着他，仿佛他是一个孩子。

他们把他抬到街上，人们喊道：把他放下！你们没有权利这样带走他！但他只是一个乞丐，他知道，没有人会阻挡他们的道路，也没有人试图把他从他们的手中解救出来。他不习惯以这种速度和角度行进，他被恐惧冲昏了头脑，所以他失去了方向。但他不敢用拍打来衡量自己的位置，即使他的手臂沿着抓着他上半身的俘虏的两侧松散地挂着。他把左手蜷缩起来，以便把他的半截手套完全藏起来，他希望他们不会注意到它并把它从他身上拿走。他想象自己没有手套，用他的手杖摸索着，一个瘸子，一个瞎子。他的手杖！他知道，等他回来的时候它肯定已经不见了，如果他还能回到柏树旁的阴凉位置，那个离他的爱人的家不远的地方。

约什，霍妮说。我现在得走了。我的班已经迟到了。但我明天会回来看下一部分的。想着你的故事会让我像做梦一样度过这个夜晚。不管顾客有多粗鲁，我都会微笑着接受他们的订单，想象那个盲人在他的树脚下快乐地睡觉。

约什对此感到满意。想到他的故事在她的脑海里，对她有意义，存在于他自己的脑海之外，存在于 A4 纸上这些薄薄的圆珠笔标记之外。想到她会再次回来，想到她会从诺丁山坐车到这里，然后从车站走到楼下的门，按下 3 号的蜂鸣器，对着对讲机说，是我。

当他们把他放下来的时候,他们仍然没有说话。他直挺挺地坐在地上,双手在胸前交叠,说,我的手杖呢?这是我除了衣服以外唯一的财产。别担心,兄弟,其中一个人说,在我这。不过,这并不是什么手杖。它是用猪的肠线连起来的。还有人说,还有妓女的口水,集会中传来了喧闹的笑声,他们听起来至少有四十个人。然后更多的人从下风处加入他们,他能闻到他们没有洗过的身体,他能听到他们至少有四个人,他从突然的寂静和人群的涌动中知道这些人的领袖就在他们之中。

他从变幻的风中知道领袖就站在他面前,他不假思索,咔嗒咔嗒地打量着领袖,有人扑了过来,粗暴地抓住他的胳膊,从他的手指和拇指上扯下他木手套的两个部分,说,这是什么?你为什么要把这个对准弥赛亚?他听到自己的笑声,听到脸旁的空气正在分裂,然后他感觉到有人张开的手刺痛了他的脸颊,他侧身倒下,有什么东西在他体内变轻变松,他的水在尘土中围绕着他变成了浆。领头人用响亮的声音说,不要伤害他。这些日子以来,你们难道没有听到我的话吗?我唯一的命令:不要伤害任何人。我们的任务是解救,而不是谴责,是拯救,而不是毁灭。这时传来一阵低沉的隆隆声,一圈圈喃喃自语的忏悔声。

然后他感觉到领袖弯下腰来的风,这个他们说是弥赛亚的人在他的眼皮上抹了一层温热的浆糊,他不知道这是不是自己的水和地上的尘土的浆糊,领导的触摸很温柔,但盲人不敢反抗或抗议,甚至不敢移动他的头。领袖说,把这浆糊留在你的眼睛上一天。当你把它洗掉时,你将不再是盲人。你将不需要这只木制手套就能看见。领袖先把手指部分放在盲人的手上,然后是拇指部分,他以一种奇怪的方式拥抱了他,手放在盲人的额头上，手臂歪在盲人的头上，领袖亲吻了盲人的侧脸。

他们告诉他，他们在城门处扎了营，欢迎他当晚和他们一起吃饭，但他还是离开了，用他的杖尖试探着前方的地面，然后用他的咔嗒重新确定方位：远处的城墙和打开的城门，通往西边的道路拐弯处的公共橄榄树林，远处的山丘，近处他自己的山丘，远处有他自己的树林和他善良的庇护之树。一些魔法师或救世主或传教士的追随者——在那个奇怪的日子里，他听到他被称为所有这些东西——跟着他走了一段路，惊叹于他肯定而稳定的步伐，问他是否已经被治愈，他们的领袖的力量是否如此强大，他试图解释他是如何倾听他的咔嗒发出的声音的回声质量，这就是他区分道路上障碍的办法，他知道周围土地的情况的办法。但他们不听：他们大喊大笑，跑在他前面，在他的路上站着不动，看他是否会走进去，其中一个人试图从他手里夺走咔嗒，他紧紧握住拳头，那个人不再尝试，吐着口水走了。他们当时就离开了他，回头大声警告说，他要按弥赛亚说的去做，把眼睛上保佑的泥土留到第二天，然后再洗，这样他就能看见，他就知道他遇到了真正的父，就会崇拜他。

噢,上帝啊,霍妮说。这肯定会出问题,不是吗?可怜的盲人。我有点爱他。这很奇怪吗?约什摇摇头,对她笑了笑。她问道,还剩多少?他说,我们已经完成了一半。噢,很好,她说。我不想让它太快结束。我想至少再做两班。我离开这里后,你的声音在我的脑海中嗡嗡作响了好几个小时,那个盲人在里面敲来敲去,我想着他,他长着你的脸。

约什连续上了三个早班,霍妮上了三个晚班,他期待着她在第四天到来,但她没有来,他不敢离开公寓,甚至不敢去商店几分钟,以防她来了之后按铃又离开,所以他喝着生锈的水龙头里的伦敦咸水，吃着他偷偷放在背包里的、从厨房偷来的麦片和不新鲜面包以及变硬的火腿，还有从早餐室偷来的小罐蜜饯。他开始觉得她已经厌倦了他，他感到他的精神在下沉，他感到一种他从未感受过的孤独的重量，他觉得他甚至可能会哭，他想知道为什么，这怎么可能。

他父亲去世时，他几乎没有哭过，只是静静地躺了好几天，好几个礼拜都没有说话。他的思想就像云朵，随意，没有形状，没有重量，飘浮不定。当他的外祖父去世时，他也是如此，虽然没有那么明显；在弥撒上，他宣读了自己写的悼词，人们一遍又一遍地告诉他，他的话是多么可爱，他为可怜的帕迪感到骄傲。他想哭，想哭，却哭不出来。

铃声响起，他跑到窗前，看到她可爱的头顶上紧绷的辫子，她穿着黑色T恤和浅色牛仔裤，她似乎感觉到他在那里看，因为她抬起脸，看到他，抬头向他微笑并挥手，他觉得他可以愉快地度过这个单一的时刻，直到永远。没有任何时刻能像这一刻一样完美和美丽，这个美丽的生物在他那座破败的大楼外阴暗的天空下，在污秽的人行道上，抬头对他微笑，通过她的棕色眼睛看着他，她那深棕色的眼睛，她那美丽的、漂亮的眼睛。

她说，不要讲故事了吧。我不希望读完它就结束了。告诉我一些关于你的事情。他想也许他应该反过来，让她告诉他关于她自己的事情，如果他再让她把他引出来，也许他就会显得像个自恋的浑蛋，喋喋不休地讲述他的童年，他的母亲和父亲，以及他的天堂如何变得黑暗，也许她的生活比他更悲惨，认为他愚蠢、自恋和自私，但出于某种利他的冲动，出于某种恐惧而听他讲话，基于他的悲惨遭遇和他的环境以及他的自我放逐，导致他来到这个他父亲出生的陌生地方巨大、愚蠢的闷气，他可能会投河或投到公共汽车下面，或者因为她在公共汽车把她送到克勒肯韦尔路和她开始工作之间除了听他的少年废话之外没有更好的事情可做。

尽管满腹疑虑，他还是开始说了，他告诉她他父亲去世的那天。他记得当他从果园看向半路大门时，微风停止了吹拂，鸟儿停止了歌唱，看到一个警察打开了大门，听到他母亲说，那是吉姆·吉尔德，噢，可爱的耶稣，他想要什么？还有埃伦·杰克曼站着，他的外祖母站着，说，耶稣啊，怎么了？他还记得吉姆·吉尔德脸上的表情，以及他走近他们时慢慢摘下帽子的样子，他听不清警察在说什么，因为他的耳朵里有嗖嗖的声音，但那是关于他的，因为每个人都在转头看他，埃伦·杰克曼拉着他的手，他们一起走进房子，他可以从半截门里看到他母亲用手捂着脸，外祖母用一只手捂着嘴，似乎在阻止自己说什么。他的外祖父现在来了，骑着他的自行车，他的头发像往常一样飘在身后，他把自行车放在院子的门边，他伸出双手走向他的女儿和妻子，还有那个红脸的年轻警察。

他告诉她，他的外祖父告诉他所发生的事情，跪在他身边，像婴儿一样和他说话，尽管他已经十二岁，快十三岁了，快成为一个男人了，他说，你爸爸在路上出了意外，有人在他卸下一辆拖车时意外地撞了他，他什么感觉都没有。他现在在天堂了，他在，因为我认识了他这么久，你的父亲从来没有犯过罪，我怀疑他一辈子都没有犯过罪，天堂里有一个特别的地方给像你爸爸这样的人，我们今生不会再见到他，我们不会，但他会一直和我们在一起，有一天我们会再见到他。

那天晚上他在那个女人的家里没有吃饭,也不觉得饿。他不知道没有他在那里用他的敲击乐器为她伴奏,她会不会跳舞;他不知道她会不会走到街上,沿着街道到广场去寻找他。蒙蒙雾气般的雨落在他的山上,他小心翼翼地待在他的树的庇护下,待在树根的弯曲处,因为他担心雨水会洗去他眼睛上干掉的浆糊,新来的人会找到他,指责他不服从他们的领袖,并对他进行惩罚。他蜷缩着躺在树干上,在那个夜晚的某个时刻,他睡着了,他梦见一束光向他走来,完美无瑕的白色,但他在那束光到达他面前并将他包裹起来之前就醒了……他醒来时，发现自己的脸湿了，起初他以为自己在睡梦中哭了，但他意识到自己已经湿透了，雨水穿过了树枝和树叶，他揉了揉眼睛，发现浆糊几乎消失了，被含蓄的雨水冲刷着，最后的浆糊在他右手的手指上流走。他的眼睛仿佛兀自睁开，他把脸转向他藏身之处以外的世界，他看到雨水在小树林周围的树根之间的空地上形成了小溪，它们在狭窄的支流中流向下面山谷中的河流。他看了很久这些新的溪流，他想这些溪流让人觉得仿佛山丘本身在哭泣，他又用右手的手指摸了摸自己的眼睑，他想知道一个梦怎么会感觉如此真实，一个正在睡觉的人怎么会感觉如此清醒。

他无法让自己从梦中摆脱，于是他决定在梦中前进，享受在梦中并且知道自己在做梦的感觉，这种事情偶尔会发生，但很少，而且从来没有像现在这么久。他走下哭泣的山丘，来到河的岔口，穿过河，来到镇上的大门口，他的眼睛被光线刺痛，但很快就适应了睁开状态。当时是清晨，大门紧闭，哨兵在门口的小瞭望塔上的箱子里睡觉。盲人站在那里等着，哨兵扰动了一下，仿佛感觉到了他的存在。他哼了一声，吐了口唾沫，下了塔楼，盲人听到他在大门的远处，抽回了沉重的门闪。哨兵又矮又胖,红鼓鼓的脸上长满疖子,瞎子发现自己看到他就笑了,哨兵问,有什么好笑的,陌生人?盲人想知道为什么这个每天都看到他的人要叫他陌生人。

他沿着他的梦境穿过街道,他惊讶于它们的无色,地面和建筑物的阴暗无情的灰色,仿佛雨水使房屋和商店一夜之间像奇怪的有棱角的花朵般从土地里长出。他的咔哒在手上感觉很重,他用周围的墙壁试了试,它的回声杂乱无章,模糊不清,也许是被雨淋湿了,即使闭上眼睛,他也无法绘制出这个小镇的地图,一切都在它应该在的地方,但没有什么看起来像他认为的那样,他希望他能很快从这个奇怪的、没有生命的梦中醒来。他找到了他的乞讨地点,那些守候在那里的柏树并不像他想象的那样笔直,高贵和浓绿:它们弯曲,稀疏又病态,有两三棵是焦褐色的,仿佛它们已经在阳光下死亡,枯萎。他像往常一样把斗篷叠好,把他那可怜的手杖放在上面,他坐着,闭上眼睛,向上帝祈祷,希望自己能很快醒来,成为盲人。

奇花异果

约什发现自己现在正准备向霍妮讲述自己的事情。她似乎需要听到发生在他身上的事情,而当他告诉她这些事情时,它们有了一种轻盈的感觉:它们似乎从他家的黏土、草地、狭窄的柏油路、闪闪发光的湖水和低语的树木中升起,像烟雾一样袅袅升起,向外飘散,不知所终。

他让自己的时间向后漂移,作为一个无动于衷的观察者观看他过去的场景,就像一个在看一部他们以前看过十几次的电影的人。安德鲁·杰克曼和他的两个大学或者城市或者安德鲁·杰克曼不在家时所在地的朋友,都在小道上骑马，高大的黑马，从鼻孔里喷出热气。道路被堵住了，所以他没法从他们的两边通过，马匹让他有点害怕，因为它们在左右走动，前后走动，所以他把自己紧贴在墙上，等待着。安德鲁的一个朋友在问，那是他吗？是的，安德鲁回答说，他奇怪地笑着，没看约书亚，而是看着小路，看着小屋和小屋后面的山顶。嗯，他看起来一点都不黑。除了他的头发和嘴唇，也许有一丁点。他的父亲是真正的黑人？比如，纯黑？不是混血或者什么？像黑夜一样黑，安德鲁回答。如果我爸爸今天让他为我们工作，你等会儿可能会看到他。这真他妈的不可思议，那个朋友说。他们的鞋跟踢到马的肋骨上，从他身边小跑而过，沿着小路往上走，他想躺在溪边桤木下的高草地上，在那里等他父亲来找他，他会告诉他安德鲁·杰克曼和他的朋友们说了什么，他们让他感觉如何，他父亲会笑着说，别担心，小鸟儿噢，他们只是在嫉妒你。但他从未这样做。他从未告诉任何人那天在车道上发生的事情。

现在霍妮的眼睛里有了泪水，他认为他做得过分了，他把这件事做得过火了，试图从中榨取太多的东西。她现在会把他看作一个受害者，一个胆小的孩子，一个值得同情和保护的人,而不是一个可以成为她的保护者,她的男人,她的爱人的人。噢,约什,她在说,而且感觉她至少说了一千次,她的怜悯开始让他担心。他害怕自己会因为可悲而失去和她在一起的机会。我可以读下一段吗?他说,他试图以一种男人的方式说出来,她笑了,看起来有点疑惑,但她还是以她一贯的方式坐了下来,一条腿夹在下面,今天她穿的上衣比平时低,还有一条彩色的波浪裙,她的手叠在腿上,他想沿着沙发躺在那里,头放在她的腿上,这样她就可以抚摸他的头发,轻声对他说她爱他,他是她的男人,现在一切都会好起来。

过了一会儿，他知道自己已经醒了，承诺的奇迹已经实现，他已经恢复了视力。他没有惊动，只是坐在那里，看着影子随着太阳的弧形运动沿着地面增长，不敢抬头看这个陌生的世界。没有一个路人看起来是熟悉的，也没有一个是施舍者，因为这是安息日的第二天，那是所有乞丐最贫穷的一天。最后他听到一个声音，他知道那是他的一个乞丐伙伴，一个拄着拐杖蹒跚而行的瘸子。嘿，你，他说。你为什么坐在我朋友的地方，穿着他的衣服？我的朋友瞎子在哪里？盲人说，朋友，是我。我昨天被新来的人的首领治好了，他们说那人是弥赛亚。但他的朋友不相信他，他把自己靠在矮墙边，以便用拐杖敲打盲人的腿，盲人举起左手说，看，是我，这是我的手套，但瘸子不相信他。其他人也来了，大多是乞丐，有些人相信了他，在他面前拜倒在地上，更多的人骂他是骗子，是小偷，有人从他叠放的斗篷里拿起他的手杖，砸向墙边。

他站起身来，推开那群吼叫的人，沿着狭窄的街道向那女人的房子逃去。他闭上眼睛，虽然现在连黑暗都是陌生的，但他让双腿带着他，左手在咔嗒上操作，观察着路上的障碍物，但并没有。在那个女人的房子门口，他停了下来，睁开眼睛，他看到那扇门已经损坏。它的木头被打得四分五裂，门在他面前缓缓打开，一个老太婆站在那里看着外面，没有牙齿，垂头丧气，年纪很大，皱得像风干的落果，一双长爪的手在她面前紧握在一起，仿佛它们给她带来了痛苦。当她说话时，他知道这就是那个给他吃的、为他跳舞的女人，他把自己的爱和每天的一把硬币都给了她，他觉得自己好像被骗了，这是一个对他施了咒的女巫，而他知道，只需要最弱的咒语，就可以迷惑一个用耳朵看、用手听的人。你是谁？她问道，他闭上眼睛不看她的真面目，转过身，为眼睛挡住异样的阳光，慢慢走回他的乞讨地点。

咖啡馆的班次慢慢走向与他一起度过的晚上和夜晚时是可以忍受的。他的角度、镜头和场景，他的脸、声音和轻快的故事，他的盲人向着危险蹒跚而行。她还没有度过这个夜晚。她想这样做，但她不知道该如何开口。她必须进入他的内心。他要求她带他去什么地方，他的手在颤抖，他的声音在颤抖，当他读给她听时，她仍然无法平息上升的冲动，嘲笑他，嘲笑他的小纸包，嘲笑他那张皱巴巴的严肃的脸，嘲笑他弯腰说话的样子，嘲笑他在每一段结束时让声音变小的低语。在他身边，没有必要试图表现得很酷，没有必要演戏，也没有必要忍耐。

你就是这样知道自己在恋爱吗？这种不假思索的感觉？曾有一段时间，她觉得自己爱上了她在大学的导师。她想，他长得不错，虽然不修边幅。俯身在她的工作站上，假装感兴趣，总是在假装。他身上的汗臭味，他呼吸的死亡般的甜味。说，这真的很好，亲爱的。他的手在她的肩膀上停留过久，手指的尖端放在她的胸罩带子上，在那里跳动。提出要带她出去。给她看他收藏的法国**黑色电影**。他将老式电影机借给她，他的 52 年帕拉德宝来克斯，不过他必须给她上一堂相当紧张的速成课，教她如何正确使用它。她很快就看清了他的真相，察觉到他关于与妻子分居，只是因为房租太高而仍然合住的谎言在空气中的颤抖。她开始讨厌他跟她说话的样子，似乎总是从她上面说话。为什么男人总是高高在上，从上往下弯腰，眼睛里闪烁着某种似乎永远不会暗淡的狂热的光，他们的牙齿在那些时刻似乎总是锯齿状的，为了从骨头上撕下肉来？男人为狩猎而采取的形状，将自己扭曲成某种古老的模板，为自己隐瞒了野蛮的真相。

她的前任索尔巨大而精干，朝她俯下身去，他的眼睛里总是闪烁着什么，混合着兴奋和愤怒，责备和道歉的激烈与疯狂；索尔总是接近疯狂。当她告诉他结束了的时候，他尖叫起来，声音很高，最后颤抖着，眼睛里充满了不相信，就像一个摔倒的孩子发现他们在流血，他们的生命正从他们体内渗出，那惊人的湿红是他们的痛苦。他张开手向她的脸挥去，她躲闪着，抵挡着，就像她爸爸教她的那样，就像他爸爸教他的那样，然后她转身就跑。他有几次来到咖啡馆，站在柜台前发呆，她嘶吼着让他滚开，他也滚开了。她知道他很害怕她的父亲。那些没有危险的慈爱父亲的女孩们生活在一个怎样的冰冷可怕的世界？

现在她应该已经对这些感到厌烦了。倾听。约什正从小房间的另一边透过她的香烟烟雾的蓝色雾气看着她，他的眼睛里有忧虑，或者说是内疚，忏悔。这是他的把戏吗？装作无辜，装作脆弱，装作苍白无力的样子，装作营养不良？他似乎沐浴在悲伤中，让它冲刷着他，进入他，然后从他身上消失。他写的这个故事，以及她从地板上捡起的那首诗，他试图把它束之高阁，把它从野性中驯服，这样它就不会杀死他。或者只是想知道它在哪里，这样它就不能突然袭击他，从背后亮出爪子攻击他。也许这是他的斗篷,这种升华,他的猎人伪装,他隐藏的锯齿。或者,也许他不一样。她的胃告诉她,他不一样,她没有恶心,没有刺痛的隐约的恐惧。他的声音柔和地冲刷着她。当她说话时,他似乎想要倾听她说话的样子。

她告诉约什一些她从没告诉过别人的事情。关于她的父亲,他是如何憎恨巨大的噪音。他会在噪音中缩成一团,双手捂住耳朵,紧闭双眼,然后在无法停止噪音的情况下,用拳头攻击它。一个礼拜天的早晨,他在他们家外面的街道上砸了一个录放机。他穿着教堂长裤,光着脚,敞开衬衫,冲出门去,从一个人的肩膀上抓起它,狠狠地扔在人行道上,它的碎片飞过街道,落在公园边缘高高的草丛里。他告诉那个人他下一步要处理他,那个人骂他是个该死的疯子,但是在到了安全距离之后才骂的。有一次他从打开的车窗里打了一个人。当时她九岁,也许是十岁,不过应该是刚十岁,和他一起走到商店。那人对着一个手持麦克风大喊大叫,他那尖细的声音被车顶上的一个塑料喇叭放大了。**投票给保守党**的字样高高地印在车的侧面。你的保守党候选人,那个人一直在说,然后是候选人名字的开头,什么爵士。

她的父亲仍然握着她的手,当汽车开过时,他从路边伸出一条长长的手臂,那人的眼睛里充满了恐惧,他的嘴从候选人的名字变形为震惊的O形,他的头半转过来迎上了悉德·巴特利特的拳头。

她笑了起来。这似乎很滑稽,这一切发生得如此突然,如此顺利,这个人的命运在瞬间完全改变,他的手仍然举在面前,现在是空的,他的车还在行驶。那人张着嘴,满脸是血地沉默着,仍以同样的速度前进,就像一只被卡通老鼠切成两半的卡通猫,就像在稀薄的空气中奔跑的威利狼,还没有意识到自己已经跑出了坚实的地面。她的父亲说,去你妈的,还有你的保守党浑蛋候选人。他没有参加任何该死的战争。即使现在看来也很好笑,尽管那晚她哭了好几个小时,因为她父亲躲在邻居家的阁楼里,他们街上的七个人被带到警察局辨认嫌疑人,甚至包括让她父亲躲在家里的那个人。她的父亲说,他对噪音的恐惧来自一个叫鹅绿湾的地方,当时他还在第二伞兵营。在一座遥远岛屿的战争中,在接近世界底部的地方。她记得他不在的时候,她母亲的朋友们打电话来,屋里充满了烟雾和低沉的声音。她为自己没有了解更多而感到羞愧。

她父亲最讨厌她母亲的噪音。当她开始喊叫时,他就会坐着不动,然后用手捂住嘴和鼻子,她现在回想起来,觉得他是在重新吸入自己的呼吸,用自己的二氧化碳来让自己平静下来,就像一个过度换气的人向纸袋吹气和吸气。至少在电视上是这样。这对她父亲来说从来不管用。他最终总是站着,把椅子向后撞,举着大拳头向她母亲走去,他总是挥舞着拳头,但他从来没有打中过;挥舞和打空似乎是把他妻子吓得沉默不语的一种方式,她总是说,那就继续吧。继续,继续啊,大佬。打我。打我啊。你敢吗。但总是用低沉的声音,气喘吁吁的低语,而她的父亲会紧闭双眼,仿佛他很痛苦,霍妮看到她父亲的眼泪和她母亲的眼泪总是感到震惊,她总是想知道为什么他们不能安静地、热切地爱对方,就像她爱他们俩那样。

法利赛人接着来折磨他。他又被拖走了，他抱着他的断杖坐着，哀悼它，这是他父亲慈祥的老手的作品。他紧紧握住左拳，以保护他的咔嗒，他试图在他们拖拽他的时候保持站立，他告诉他们没有必要对他动手动脚，他将和他们一起走到他们想要他去的地方。但他们不听，他们在他身后高高背过他的手臂，直至将其折断，他因疼痛而哭泣，泪水的盐分灼伤了他的眼睛。他认识周围的一些声音：有些是其他乞丐的声音，他们喊着说他是骗子，是小偷；有些是施舍者的声音，他们说这不是盲人，这是一个冒牌货，是新来的人之一，是崇拜伪神的亵渎者，他们在搞一个把戏，让他们相信已经发生了奇迹。瞎子被扔在圣殿前的地上，有人把脚放在他的背上，使他无法抬起头来，太阳又把地面晒成了尘土，尘土充满了他的口鼻，使他几乎无法呼吸，他只能看到法利赛人裹着皮革的脚，他们在他面前站成一个半圆。他们问，你是谁？我是柏树广场上的瞎子。我已经在那里乞讨了三个夏天。他们问，你还是盲人吗？不，他说，我现在能看见了。他们问，这是怎么来的？新来的人的首领，他们说是弥赛亚——在这时，脚从他的背上抬起来，狠狠地踢他的肋骨，让他没法呼吸，他挣扎着重新开始说话——在我的眼睛上抹了浆糊，告诉我等到早上，把浆糊洗掉，我就会恢复视力。所以这个自称上帝派来的人在安息日做了这项医治工作？是的，盲人说，他闭上眼睛，挡住他的眼泪还有他们围攻的脚和这个灰暗、尘土的世界。

霍妮认为这很有趣,有时,大多数时候,你不得不惊讶地意识到自己感情的力量。被事情的真相伏击。约什告诉她一个关于他酒店里的女仆的故事。在她空闲的时候,当她在等待她的楼层清空时,到洗碗间里见他。告诉他她是多么的无聊。问他关于他自己的一切。什么?他他妈的告诉她什么了?他向多少个女孩吐露了他的心声?女仆给他看了她的文身,是一朵玫瑰,就在她的腿上。她不得不把她的黑色裙子掀起来给他看。什么?霍妮恳求自己保持冷静,保持克制,什么都不要说。在她的脑子里,她对这个小婊子大喊大叫:把你那肮脏的文身屁股离我的男人远点。我的男人。噢,这笑声。他不是男人,这个苍白瘦弱的难民,这个棕色眼睛的残骸。

她紧闭嘴唇,用鼻子慢慢吸气和呼气。她稳定住自己。她看着自己从扶手椅上站起来,穿过破旧的地毯,从他手中抢过书页,听到自己对他说,如果他认为她会每晚多坐三趟车,坐在这里听他的**屁话**,那就去他的吧!她看到书页在她手中撕裂,她想知道这看起来会是什么样子,也许是叙事的重点,镜头慢慢移向他的脸,移向窗外,向上,向上,不行,手持摄像机绝对拍不出来,她听到自己说,对不起,该死,对不起。他的脸颊雪白,眼睛湿润,震惊地睁大,他说,没关系,我会把它粘起来的。她想抱着他,不放手,直到这种感觉过去,她在他的身旁,他在她的身旁,没有办法分开,直到这些悲伤,这愚蠢的爱全都过去。

在他公寓外面的楼梯平台上,在下面敞开的门洞里射出的昏暗的光线中,在柔和的街道声音,发动机和脚步声,话音和鸟鸣声中,她用左手握住他的右手,捏着它,把一只手放在他的肩膀上来稳定自己,她踮起脚尖,去吻他的嘴唇。他突然一动,似乎对这一切的发生感到惊讶,她想知道她是不是犯了错误,是否误读了他的长相和他跌跌撞撞、喃喃自语的体贴,还有他红着脸的笑容。他和她认识的那些男孩是如此的不同,索尔,索尔之前的那些都是这样;他没有他们的那种夸夸其谈,也没有他们那种想要脱掉她的衣服,按住她,把自己压在她身上的原始愤怒的绝望。她怀疑他是不是同性恋。她判定,他不是。他的手移到了她的后脑勺,他把她轻轻地压向他,他的嘴唇干燥而甜蜜,她再次怀疑她是不是,第一次,真正地恋爱了。

当太阳高高挂起,他的影子很短的时候,他从镇上走过。他没有手杖,没有斗篷。他的咔嗒仍然安全地在他紧握的左手中。他第一次想到,如果他再次被抓住,就用它作为武器,用它来击打,来抵抗这些争夺他的真相的人。他越过小河,开始上山,山丘似乎比他想象中要小,而且长满了灌木和荆棘丛;他一直走的路似乎比他想象中要窄,而且两侧遍布着荨麻的威胁。他登上山顶,看到他的树,他的心稍稍安定下来:它和他用手和耳朵测量的一样宽,一样高,而且似乎和他想的一样坚定地站在山坡上,用它的根向下向外压迫,它们造成的古老的断裂处长满了常春藤和苔藓，呈现出欢迎的暗绿色。然而走近时，他注意到树的叶子和树枝的木头上有白色的斑点，而且这些斑点似乎在移动，他想闭上眼睛抵制这个全新的事实，但他被吸引着向前走，向下走，走向他亲爱的树。他看到它的树冠是一个朦胧的白粉虱的头饰，它们的蛆虫侵占了所有的树枝和树叶，这棵树正在死去，他闭上眼睛听着，他听到它的低语不是提供帮助而是暗示，这棵树和他一样是个乞丐。

他跌跌撞撞地走过阳光下的小河，看到被称为弥赛亚的追随者向他走来，他们边走边欢呼，他看到他们中有些人是瘸子，有些人有病，他想知道为什么他们的领袖不治好他们，而是把他的神迹留给一个他不认识的乞丐，他们突然围着他，把他抬起来，又一次，第三次，他被拖着身体走了，他又闭上了眼睛，因为他不想看。

他们把他放在他们的领袖面前，他们的领袖问他，你看见了吗？盲人回答说他看见了。跟随者们欢呼雀跃，有些人跪在地上，眼睛在脑袋里打转，仿佛处于一种沉思之中。领袖没有理会他们：他的目光盯着那个现在能看见的盲人，他问道：你相信我是上帝的儿子吗？这让盲人感到困惑，他感到害怕和疲惫，愤怒在他内心升起,就像熔岩穿过大地的裂缝,他向地上吐口水,他说:我没有要求这样做。我没有要求这个,现在让我走吧。他又被扔到了地上,殴打如雨点般落在他身上,领头的人现在喊道,别这样,不要伤害他,不要伤害他,但他们一直在打他,他用左手挥出,干净利落地与某人的头骨相连,他的咔嗒的指片裂成两半,从他手上掉下来,这时他放弃了,静静地躺着,接受他们的殴打。

当他滑落到黑暗中时,殴打停止了,附近某处开始了新的骚动。他听到法利赛人和一些镇民的声音,他从地上看到他们在他的一侧的路中央,他转过头来,看到他们称为弥赛亚的人和他的跟随者在他的另一侧的路中央。他看到他们的弥赛亚一动不动,他似乎很悲伤,他的眼睛往下看,他没有站在他的追随者中间,而是站在他们中间。盲人看到,弥赛亚似乎被他的追随者们压倒了,失去了所有的权威,在这两伙人互相侮辱和威胁的时候,只有他一个人沉默着。盲人感到眼睛后面在疼痛,眼睛里的光也暗淡了,他立刻知道他的视力又要离开他了,他看到他周围道路的尘土都被他的血染黑了,他的血向外淤积,他感到自己快要死了,并且很高兴。

那么最后的部分。最后的部分。一个关于山上的房子的故事，那里充满了爱，一个男孩和他的外祖父母以及他的父母都挤在里面，男孩和他的父亲沿着湖边的路开车出去，车后的拖车装满了要种的树，男孩的父亲唱着一首关于鸟的歌，唱着一首关于一个下矿的人为了救他的朋友而死去的歌。父亲从中场全力冲刺，观众为他们的英雄欢呼，球门的网在摇晃，父亲突然停下来，向后倒下，静静地躺着，从地上站起来，就像美丽的微笑的拉撒路，男孩和他的父亲拿着他们的雪糕筒从村里走过来。

但现在看来，这一切都像一场梦，当你从梦中醒来时，会觉得这是一个完整的人生，每一个细节都是原始的、清晰的，直到你想得太多，它们变得模糊，褪色，只留下含混的自我感觉。一个男孩被爱得死去活来，他认为世界是没有尽头的爱。外祖父母、父母，在他周围围成一圈崇拜他。一个男孩和他的朋友们一起穿过田野，走到基尔科曼的曲棍球场，笑着。一个父亲去世的男孩，他的世界变得寒冷和黑暗。一个充满愤怒的男孩，从一个寡妇的家里跑出来。在渡轮上航行，乘车穿越威尔士和英格兰，在太阳升起时想，所有的地方都是一样的。山丘和河流，道路和草场。走出维多利亚长途汽车站，进入一个灰褐色的拥挤的地方。劳动，洗碗，先是偷住在空房里，然后是住在一个肮脏的、充满死亡气息的公寓里。有一天早上，我在想这是我的最后一个早晨了。那天晚上在河边遇到了一个女孩，从死亡中摔了回来，摔倒，摔倒。

还有夏天的礼拜五野餐，以及等待他的外祖父和父亲出现在小路上的激动心情。他的父亲最后一次回家，被六个邻居和朋友轻轻抬起，从灵车上扛到房子里，躺在小屋里的中央，村子里的人都围着他慢慢移动，流泪和惋惜。安德鲁·杰克曼和他的朋友们从马背上俯视着他，谈论着他的父亲，对他的苍白吹着口哨表示惊讶。他在十三岁时发现，安德鲁·杰克曼的父亲拥有这间小屋、果园、小巷、小木桩、梡木树和所有的橡树、山坡、小溪和他睡的床，他感到很羞愧。他的父亲，他干了那么多工作，那么善良，有那么多计划，死的时候还是很穷，一无所有。他为自己感到这种羞愧而感到羞愧。

他给母亲、外祖母和外祖父带来的那些痛苦，在镇上惹是生非，打架斗殴，带着八分之一盎司的大麻被抓，被吉姆·吉尔德带回家，他说，对不起，帕迪。我没有选择。这次我们不得不起诉他。但他可能只会被打一巴掌。而他的祖父则说，基督耶稣啊。毒品。我从未想过你会这样对我，孩子，或者对你的母亲或你的外祖母或你亲爱的父亲。他向下看着你的时候会怎么想？

他对他外祖父的轻易宽恕感到羞愧。当他在十七岁生日的时候给他一个白色的信封，里面装着一张卡片，卡片上是一张凭证。一个为期一周的写作课程。在利默里克。和一位专业作家一起。这样可以磨练你的技艺。不是这样说的吗？一想到他的外祖父母翻看**黄页**，坐车到利默里克，找到那个地方，要到凭证，和一个对他们来说可能是火星人的人谈多少钱，以及他们的外孙能得到什么生日礼物，他的眼睛就刺痛，喉咙里哽着一块石头。

在外祖父葬礼的那天，他感到羞愧，因为他一无所获。十九岁了，没有工作，没有足够的分数上大学，数学和理科不及格，唯一的好成绩是英语 A，除了在抄写本上潦草地写了几个半生不熟的故事外，没有任何东西可以证明他的才能。渡船进入开阔水域时，他感到有一种朦胧的希望，那就是可能会有暴风雨来临，他可能会被从甲板上抛入无边的大海。

所有这些东西翻来覆去，相互碰撞，就像奔涌不息的溪流河床上的石头，它们的边缘在损耗中消失，在动荡中磨得光滑，给他留下的只有一个印象，一个遥远的、绿色的地方，充满悲伤，充满别人的哀伤和遗憾。他看着对面的霍妮，她笑了，他现在知道自己是多么的自私，多么的自恋，但现在停下来已经太迟了，太接近尾声了，所以他继续读，慢慢地，用几乎不超过耳语的声音读。

新来的人和法利赛人都沉默了，他们一齐看向西方，那里突然有一道亮光闪耀，是明亮的、未经腐蚀的白色。这道光沿着道路向他们移动，他们看到来的是一个车夫，他的车由牛拉着，他站在车的踏脚板上，右手拿着一根高大的手杖，留着银色的长胡子，他穿着农夫的粗布袍子，太阳一直反射着它的洁白，这就是他们看到的移动的光。农夫拉着他的牛停了下来，他从踏脚板上下来，新来的人分开让他通过，他走向地上流血的人，他说，我从一个旅行者那里听到一个故事，说有一个人可以用手和耳朵看，我知道他们说的就是你。我的儿子，我的儿子，我一直在寻找你，一直在寻找你。而我发现你在这里流血。是谁把你弄成这样的？法利赛人和镇上的人都低着头向后退去，有些人转身离去，慢慢地向镇上走去，弥赛亚的追随者们也把脸从这位高大强壮的父亲和他流血失明的儿子身上转了过去，父亲跪下来，把儿子从地上抱起来，他把儿子搂在胸前，他把脸抬向蓝天，为他找到的孩子，为所发生的奇迹送上感谢。他把他的儿子抬到他的车板上，然后转身走在回家的长路上。

霍妮现在就在他身边。约什出了点问题。他无法呼吸，他无法将空气快速输入肺部，他正在溺水。他从座位上向前倒下，跪在地上，双手捂住脸的两边，他的故事躺在他面前的地板上，上面发生了一些奇怪的事情。下雨了，巨大的雨滴落在上面，融化了薄薄的纸张，约什认为屋顶上一定有一个洞，但他无法抬头察看，他的额头现在几乎接触到了地板，他的手无法从脸上移开，他的手是湿的，霍妮搂着他，她的脸压向他，她在说，约什，噢，约什，噢，爱，噢，爱。

她把他弄到沙发上，她把他的头放在她的腿上坐着，她抚摸着他的头发，直到他睡着。然后她轻轻地移动他，小心翼翼地不让他醒来，这样她就可以起床，下楼去大厅的公用电话那里。她给她父亲打电话，他说他会直接过来。

她的父亲以最快的速度开车，把车停在路边，没有上锁。当他走进小公寓，看到熟睡的男孩时，有什么东西从他体内升起，那是一段记忆，清晰得完美，具有可怕的力量，几乎把他打倒在地。

这个男人瞪着他的女儿。霍妮·巴特利特，你为什么不立即告诉我你找到了这个男孩？阿基利亚和塔莎在世界的另一边担心，这个男孩的家人在爱尔兰担心。这几个礼拜以来，你知道他在这里，却没有告诉任何人？为什么没有，嗯？而霍妮什么也没说，因为她并不完全确定答案。

他等着男孩醒来，告诉他他的名字，并告诉他有一次男孩还是个婴儿，在他母亲的怀里，他开了一个玩笑，一个愚蠢的玩笑，关于男孩的肤色。男孩的父亲，他最好的朋友，他的兄弟，是怎样对他发了脾气。他如何弯腰亲吻母亲的脸颊，亲吻婴儿的额头，并告诉他们他很抱歉。

他告诉男孩他在那一刻对自己的承诺，让上帝或宇宙或任何全能的东西，作为神圣承诺的接受者，监督遵守或违背承诺的行为。

他告诉男孩，他要带他回家。

智慧

WISDOM

莫尔·格拉德尼脱下靴子,赤脚走在夏日的草地上。她在动物粪便堆起的岛、蓟草和一丛丛酸模中穿行,用空闲的手把裙子提到膝盖上,这样裙子的下摆就能把沾着露水的草弄干净。为了得到宽慰,为了这种仪式性的行为能带来的温暖与安全感,她沿着她父亲在杰克曼家宅院周围走过的路,走到小山的山顶,沿着西边的斜坡,沿着山脚下的线,绕过池塘,走到小路成为一条脚踩出来的土路的地方。她停了下来,重新穿上靴子,摘了一把早熟的黑莓,但它们还没有成熟,不能吃,她吐出了第一颗,把剩下的扔进了水草。一只黑羽毛的鸟从那里的掩护中冲出来，朝着天空啼叫，把她吓了一跳，她对打扰到它感到一阵后悔。她的耳朵和胸腔仍然能感觉到她母亲曲折的祈祷节奏，她低沉的小调，她低声的恳求之歌。仁慈的耶稣，圣母玛利亚，神圣的圣约瑟夫，所有的天使和圣人。让我的外孙回到我身边。从黎明到黑暗，每一天，同样的暗示，顽固，徒劳，充斥着这栋小房子，使空气变得浓稠，在每一个表面沉淀，就像沉重的尘埃，让每一个清晰的线条和边缘变得模糊，让发黄的墙壁内的生活变成了一个模糊的东西，模糊，不精确，无法生存。

  沿着大路，两个人走走停停，靠在一起商量，又走了几码，以稳定的节奏重复这些动作。她隔着墙看不到他们在做什么，所以她走到十字路口的门边，俯身去看。其中一人拿着一个冒着热气的桶，另一个拿着一个长柄的金属矩形，他们用这些东西沿着路边，在现存的几乎完全褪去的对角线上，画上新的白线。有人拿着热气腾腾的桶将热漆倒入矩形，而他的同伴则巧妙地将其扫过，这样，线条就以完美的重复形式铺设下来，新的覆盖旧的，而他们工作的方式几乎能催眠：莫尔发现自己在发呆，然后意识到他们已经停止了工作，正穿过马路中心，走向停在远处商店外面的一辆黄色货车，那个拿着长方形的人正对她微笑，她认出了他，记得关于他的一些事情，一个遥远而模糊的印象，一股除臭剂和汗水的味道，一只粗糙的手摸着她的皮肤。她从栅栏上退下来，转身回家。

在她走进敞开的半截门时，她的母亲没有从她的壁炉座位上抬起头来。她说，埃伦·杰克曼来过这里。不到五分钟之前。她问我，你有空能不能给她打电话。她不愿意留下来等，尽管我告诉她你几分钟后就会回来。她从来没有安定下来，那个人。她永远在移动。我想她认为，如果她从不停留在原地，她就能躲过衰老。她给了我一段新的祷文，但我已经有了，来自诺尼·福德。不过我没有告诉她。当有人足够重视你，愿意为你付出任何代价时，最好的方式就是说声谢谢。把你身后的两扇门关起来，像个好女孩那样。如果你快点，你能穿过草地赶上她。这些天来，她的脚步已经够慢了，因为她一直在赶路。莫尔·格拉德尼感到胸口一阵悸动，一种微小的颤动，她松了一口气，从她那干瘪的寡妇母亲身边转过身来，她那消瘦的脸，她那枯瘦的手臂，在她一珠一珠地数着祷告时轻轻地进出，她那被钉在十字架上的救世主随着她祈祷的永恒运动上下摆动,莫尔·格拉德尼的母亲几乎没有注意到门的两半古老锁扣被拉上时的咔嚓声。

穿过空荡荡的院子,经过被铁链锁住的棚子,经过三只牧羊犬休息的小土堆,穿过纠缠在一起的小果园,过长的树枝垂向地面,有缺口,有枝节,因为没有修剪而受着折磨,她边走边希望,几乎是在跑,她能在埃伦·杰克曼穿过草地、穿过小路、回到自己的房子之前追上她。她非常希望能和埃伦·杰克曼一起站在草地上。感受凉爽的阳光斑驳地穿过北边一排橡树的叶子落在她们的脸上和手臂上。听埃伦·杰克曼问她有没有什么消息,心里清楚地知道她没有。听埃伦·杰克曼问她之后要不要和她一起走到约阿拉拉。在坟墓前除一下草。也许还会在康伦的井边停下来,投下一枚硬币,做个祈祷,这有什么坏处呢,有什么不可以的呢,埃伦·杰克曼的眼睛会闪烁着不怀好意的光。莫尔·格拉德尼在这一刻,比世界上任何东西都想,就在这一刻,清除苹果树的重重缠绕,看到她的前方,穿过带露水的草地,从开阔地的干净阳光下穿过,进入一排橡树的阴影中,看到埃伦·杰克曼笔直的背部,看到她肌肉发达的小腿上裸露的白色皮肤。她的头发在头顶上紧紧地拧成一个发髻，在蓟草和粪便群岛中拾级而上，就像莫尔在这个阳光普照的早晨早些时候自己所做的那样，并向她呼喊，这样埃伦·杰克曼就会停下来，转过身，微笑着说，啊，莫尔，你在这儿，你在这儿，我正找你呢。

当她冲过去的时候，一个新芽沿着她裸露的手臂划过，她并没有立即意识到她的皮肤撕裂了。她看到埃伦·杰克曼就在她想象中的地方，从阳光中穿过阴影，几乎完全消失在斑驳的绿色和棕色中，与橡树和蕨类草地融为一体。她加快了速度，跌跌撞撞，差点摔倒，她嘲笑自己，想到她急于赶上埃伦·杰克曼而摔倒在草地上，想到她脸朝下落在干牛粪上，撞碎粪便的外壳，想到埃伦·杰克曼急忙回来扶她起来。她用衣服口袋里的手帕清理脸上的牛粪，在手帕上吐口水，划过她的脸颊，用另一只手扶着莫尔的后脑勺，稳住她们俩，把手往下移，用她有力的手掌和长长的手指温暖地搂住莫尔的后颈，说她是个傻姑娘。

她现在叫道，埃伦，等等，埃伦，而她前面的高个子女人在草地的北边停下来，转过身来，微笑着说，啊，莫尔，你在这儿，你在这儿，我正在找你呢。而这个有阴影的地方是隐蔽的。没有窗户对着它，田地倾斜着遮挡它。这两个女人站在那里，穿着长裙，穿着惠灵顿长筒靴，到了中年，对自己有了来之不易的信心，年长的女人用双手握住年轻女人受伤的前臂，把它举到自己的嘴唇上，亲吻着血液轻轻渗入她皮肤的地方。

圣母在埃伦·杰克曼家门廊的一张小桌子上矗立着，一圈茶灯和一束水仙花摆在她周围的细长花瓶里，百合花光着茎铺在她的脚下，她戴着蓝色面纱的头上戴着一个脆弱的雏菊花环。莫尔提醒埃伦·杰克曼，五月早已过去。你一定是爱尔兰唯一一个把五月祭坛摆了一整个夏天的人。我知道，埃伦·杰克曼说。我总是不忍心把它撤掉。这样真蠢，真的。我的祖父对她非常忠诚。他曾经称我为他的五月女王。他看到我走过来，就会说，哦，她来了，我的山谷玫瑰，我的五月女王，埃伦唱道，就像她记得她祖父唱的那样。

带来最美丽的花朵
带来最稀有的花朵
从花园、林地、山坡、谷地

> 我们饱满的心在涌动，我们快乐的声音在诉说
> 谷地最可爱的玫瑰的赞美
> 玛利亚啊，我们今天为你加冕开花
> 天使的女王，五月的女王

那曾经让我的母亲非常生气。她说，不要让她对自己有那样的想法。她又不是一尘不染的圣母。我总是检查自己是否有污点，但从来没有发现任何污点，我永远也搞不懂她是什么意思。爷爷会握着我的手唱歌，以此报复她。

> 噢！我们要这样证明你，
> 我们对你的爱是多么真切，
> 没有埃伦，生命的旅程多么黑暗
> 生命的旅程将是多么黑暗！

埃伦一动不动，她的右手放在心口，微笑着回忆自己过去的一个时刻。而妈妈会沸腾起来，她的脸会像浆果一样红，她会把东西砸得乱七八糟，锅子从工作台上掉下来，她的擀面杖砸在面团上，她会嘀咕说，像这样

改变赞美诗的歌词，是对万能上帝的蔑视，这无异于亵渎，但她从未冲他大发脾气，她会保持克制，因为她对他还是很小心的。主啊，不过，爷爷他很迷恋。

在离门廊和祭坛和那两个牵着手的赤脚女人很远的黑暗走廊上，一扇门开了又关，她们本能地分开，每个人都意识到她们并未有意识地牵着对方的手：这只是一件变得自然的事情，不是被强迫的，她们轻松的喜爱，她们毫不做作的陪伴，在那一刻，两人都感觉到危险的气息——仍然有风险。她们不能随心所欲地做她们想做的事。家政服务员布里奇特·威尔斯可以很容易地闯进她们身后的院子，透过门廊的玻璃看到她们。她不一定能想到事情的真相：如此离奇的事情肯定会超出布里奇特·威尔斯这样一个尽职尽责、目标单一、辛勤工作的乡下妇女的想象范围，但仍然和所有事情一样，她肯定会觉得奇怪，埃伦·杰克曼和莫尔·格拉德尼在五月祭坛前手拉着手，埃伦傻傻地唱歌，莫尔崇拜地看着她，谁也不知道一个人的脑子里会出现什么方程式，以及它们会得出怎样的答案。她们都很清楚，小心翼翼地守护秘密是值得的，尤其是如此珍贵的秘密。

卢卡斯·杰克曼趿拉着拖鞋，弯着腰，慢吞吞地从下层走廊的阴暗处绕到楼梯脚下，走进阳光下的温室。他停下脚步，无精打采地看着女士们，点了点头，然后摇摇晃晃地走向花园。发生事故之后，他一直沉默不语，温顺得像个婴儿。莫尔从记忆中勾勒出他的形象，一个高个子的金发男人，满脸雀斑，皮肤黝黑，四肢粗壮，手上长满老茧，开着一辆长长的深色汽车，穿着一件白衬衫，袖子卷过肘部。在她从中学回家的路上停在她身边，这一天她错过了公交车，洛雷塔修女因为一些小过失把她留堂，让她在教室后面的立式钢琴上弹了将近一个小时的音阶，每当她错过一个音符或按错一个键，就用尺子拍打她的手指。在他让她上车的时候，他露出奇怪的假笑，他把车停在小路的半路门边，他看了看身后，又看了看左右，然后说，过来，莫尔，朝我靠过来一点，他的眼睛里闪着蓝绿色的光，他的手迅速而突然地移向她的肩膀，她被拉向他，他的嘴压在她的嘴上，他的嘴唇粗糙干燥，他的手推到她的两腿之间，捏住她，然后放手，把她推开，然后笑了，一种惊讶的笑，仿佛他不知道自己会做出这样的事情。说，去吧，以后再见。告诉你父亲有时间就来找我。

埃伦说，他礼拜五要去休养，为期十天。她伸手握住她爱人的手掌，轻轻地捏了捏。布里奇特很快就会来，我们就去散步。她们坐在明亮的厨房里喝茶，透过窗户看着卢卡斯，他在草坪的边缘巡逻，双手紧握在背后，从这个距离和角度看去，就像一个身体健康的人，他的背部弯曲只是因为他想在考虑问题时更仔细地感受花的气味，或在内心深处进行哲学思考，或反思他一天的事务，或想着他有时会用车接送的那个女孩，他的朋友、邻居和雇员的女儿，自从她成年后，他一直在试图勾引她，通过任何手段，武力、恐惧或恩惠。

等到布里奇特进来并作了简要汇报，卢卡斯在朝阳房间的窗台边的椅子上安顿下来，埃伦和莫尔就沿着长满白杨树的大道走下去，穿过敞开的大门，走到大路上，等一排汽车通过后再过。他们都以为自己要去哪里？埃伦大声问道，莫尔摇摇头，因为她也不知道。她猜想，从镇上回家。或者去湖边。每个人都很匆忙，只想着他们的目的地。走下坡路到约阿拉拉很轻松，微风吹拂着她们的面庞，鸽子在沟渠里咕咕叫，燕子在左右两边的田地里飞翔，俯冲，低头冲向地面，埃伦说，它们在这么低的地方抓苍蝇，是天气不好的征兆，莫尔说，爸爸以前也这么说。他知道所有的征兆，夕阳的颜色，野兔、狐狸和鼬鼠的行为方式，早晨果园里蜘蛛网的数量，它们丝的粗细，诸如此类。埃伦笑着回忆起帕迪·格拉德尼的预测，他那滑稽的说教语气，尽管他过去有过不准确的时候依然有着绝对的把握，他用他那瘦骨嶙峋的手指强调他的神谕，把它指向天空，祈求神灵，他骑着他的邮局自行车沿着小路走，右裤腿的末端塞在袜子里，生怕被链条卡住。她想，曾经有一段时间，一个男人最抽象的忧虑就是可能下雨，而他最直接的忧虑是他的裤腿会不会被油弄脏，或者，上帝保佑，被撕开。

她们走过了墓地，还没有准备好弯下腰去拔草，决心在圣井前做完祷告后马上折返。她们在道路开始陡峭地向下倾斜至码头之前转了出去，走上了一条由教区的异教徒、忏悔者和修行者经过几个世纪的磨砺变平整的土路。她们上次来过这里之后，左边的树木被砍掉了，树篱也被修整过，高度降低到以前的一半甚至更低。在这块新出现的田地中央的高地上，她们可以看到一个环形堡垒，它的防护土墩随着岁月流逝而变钝变小，但仍然清晰可见，还有它的一圈哨兵树，她们惊叹地意识到，在这个地方生活了差不多一百年，但她们对这个古老的居住地，这个仙女的宫殿却一无所知。

我父亲一直相信他的父亲是因为一个仙女环而早逝的，埃伦告诉莫尔。他用国内最早的一台柴油动力挖掘机，从中心位置拔掉了一棵橡树，铲平了它的土堤。他在炫耀，炫耀他的财富和他对迷信的蔑视。不久之后，他在一场牌局中失去了一半的财富，不久之后也失去了他的生命，他的拖拉机在斜坡上翻了车，就在被夷为平地的仙女堡上面。我父亲再也没有和我们西边的邻居说过话，因为他们的大部分土地都曾是他遗产的一部分，而他们嘴里的每一口食物和衣服的每一针都是源自一张扑克牌的邪恶翻转。他一生都无法容忍赌博。当议会允许在军营街开一家博彩公司时，他进城大吵大闹。他说，这个企业的背后是魔鬼，所有牵涉其中的人都会受到诅咒。议会听了，却只是在背地里嘲笑他。但还是有很多人听从了他的话，多年来始终远离那里。我的父亲，尽管很温文尔雅，他的声音很大。

莫尔听着埃伦说话，点头，哼唱，时不时笑笑。她们在一起散步时，她感到很轻松，充满快乐和温暖的感觉，谈论一些不再有分量或者影响的事情，谈论那些早已死去的人的生活方式，谈论一些发生在她们只是隐约知道的人身上的丑闻，谈论一些发生在镇上或新闻里的事情，远离她们狭小的生存范围，她们每天走的路，穿过她们的几块田地和山坡，走过几段乡间小路，沿着支流的河岸走到湖边，她们小小的绿色世界，它的边界沿着城镇的边界划定，她们的秘密爱情是它的中心。但悲伤总是在她意识的边缘徘徊，最终总会聚集在一起，呈现在她的面前，让她的轨道失去形状。约书亚总是在她们身边，跟在她们身后，或者跑在她们前面，看到低矮地平线上的湖水在树与树之间的缝隙中闪闪发光，或者为了能爬进墙手球场地而对着高墙上发出回声，或者为了趴在圣井边上，窥视它静止的黑色深处而兴奋，问着，它真的能下到地球的中心吗？噢，是的，一直到中间，直达另一边，所以它在澳大利亚又出来了，现在很可能有一个像你一样的小男孩在看着同样的水。而亚历山大总是在她们身边大步慢走，安静、微笑的亚历克斯很容易满足，看不到任何人的坏处，看不到任何危险。而卢卡斯总是围着他们转，默默地注视着他们，沉思着，满是黑暗和怨恨。

她知道，在他愤怒的离开之后，在这段沉默的时间之后，她很有可能再也看不到约书亚可爱的脸，也听不到他甜美的声音。她知道人与人之间的隔阂，以及他们可以奔向怎样的深渊，她仍然能听到他临走时说出的话，他骂她的那些话，把他父亲的死归咎于她，说，知道吗，爸爸知道，他他妈的知道你不爱他。如果你像他爱你那样爱他，他就不会每时每刻都在工作，她听到自己的声音，虚弱而震惊，说，那不是真的，亲爱的，那不是真的，她想知道为什么她没有跟着他走下小路，在中间门口抓住他，紧紧地抱住他，让他无法离开。

她知道她肯定不会在这个世界上再看到亚历山大，因为他就躺在她父亲身边，躺在约阿拉拉墓地一角的一块树荫下，躺在所有死去的格拉德尼家人中间，她很高兴他们在一起，这两个伟大的朋友、球友、园艺伙伴，现在安全了，不会受到任何伤害。

来吧，埃伦说，现在我们绕着它走进去看一看。莫尔突然紧张起来。她们不知道这块地的主人是谁：它是旧庄园的一部分，没有人确定它的继承权，也没有人确定土地委员会是否已经接管了它，或者它是否被耕过，它很可能在新教徒手中，或者在八十年代搬来的富有的外国人手中，他们以某种方式吞并了前滩、田地和倾斜到湖边的森林，在古老的公共通道[1]上建造了围墙，把一直是公地的土地围起来。那里可能有一头公牛什么的，那些畸形的英国品种。噢，看在上帝的分上，埃伦说，她在通往圣井的半路上，在一个清出的空隙中，摆动她的腿，越过一道新竖立的门。来吧，别老是怕这怕那的。我们走进去，看看能不能找到仙女。莫尔跟在后面，比她的爱人慢，不太愿意穿过这个门户，这个通往异地的幽冥入口。埃伦现在已经走到了环形堡垒的一半处，她回头对莫尔笑着说，来吧，好吗，你这个慢性子，她担心的鬼魂又消失了，回到了一个隐蔽、凹陷的地方，埃伦在她面前闪着微光，消失了几秒钟，一声尖叫在莫尔的胸口成形，威胁着要在埃伦再次出现之前从她身上爆发出来，莫尔意识到这是光线的诡计，一朵云从太阳的脸上滚走。

在堡垒破旧的岸边，莫尔·格拉德尼站在那里，看着她头顶上土丘上的埃伦·杰克曼，她把她想象成一个女战士，站在她堡垒的栅栏边，守卫着她的牛群、孩子

---

[1] 原文 rights of way，特指穿越私有土地的公共通道。

和奴隶；她想象着埃伦从灌木丛中拔出一根细棍，松松地握在她的左手里，作为一把剑，她一边打量着堡垒岸边和古堡之间的沟渠，一边看着埃伦松散的头发随着轻风起伏，她现在除了鸟鸣声和沙沙的微风，什么也听不见，而穿过这些声音，埃伦的声音说，看，莫尔，那就是他们住的地方，就在那些树的中间。来吧，我们进去吧。

莫尔告诫自己，不该允许自己有这样愚蠢的念头，不该允许她愚蠢的浪漫白日梦，不该让一股有害的欲望浪潮席卷她全身，她爬上城墙，埃伦伸出手来帮助她，尽管莫尔完全能够在无人帮助的情况下自己爬到城墙上，埃伦紧紧握住她的手，她们下到堡垒的土墩，沿着鹅卵石走到三叶草柔软的内圈。她们站在三棵橡树的树荫下，这三棵橡树在这个青铜时代的家园的中心扎下了根，空气是静止的，她们脚下的土地潮湿而凉爽，埃伦放开莫尔的手，用她的棍子在周围画了一道弧线，说，想象一下所有在这里生活过的人，所有出生过的孩子，挤过奶的牛，喂过的鸡和面对过的死亡。而现在没有这些人的痕迹，没有他们坟墓的标记，也不知道他们的尸骨埋在何处。我想知道，他们是否在我们下面？莫尔低头看着她脚下的一片绿色，当她抬起头时，埃伦正对她微笑，她的棍子已经扔掉了，她再次拉起莫尔的手，她们走到没有阳光的堡垒中心，走到橡树三角的中点，那里的地面沉重而肥沃，被夏天的牛群磨平。现在所有的声音都被她们加快的脉搏所淹没，甚至是鸟鸣和风声，她们互相拉近，直到她们的身体相碰，她们的嘴唇相触，莫尔感到了她们第一次接吻时的同样的激动，那是一个遥远的九月之夜，她们跪在果园里收集被风吹落的果子时，突然被一阵爱情的骚动攫取。

那天，人们在山的另一边撒着石灰和种子，埃伦的女儿分散在乡间各地：一个在女童子军；一个在合唱团练习；一个在女子曲棍球队。基特在厨房里看她的账本和现金簿，一边低声咒骂，一边试图给她的那几个客户算清账目。在果园尽头的草地上，莫尔和埃伦正往篮子里装被风吹落的果子，离小屋很远，当她们无意中把手放在长蛆的苹果上，或者发现喝醉之后飞不起来的黄蜂，时不时地发出惊叫。莫尔穿着她母亲在城里给她买的新牛仔裤，她担心膝盖会沾上泥巴，所以她跪在地毯上，沿着穿过树林的走道稳步前进时，她站起来把地毯往前移，大多数苹果都落在那里。埃伦·杰克曼朝着她移动，也打算拯救风中的收获，在向下弯腰时失去了平衡，向前倒去，伸出一只手来稳住自己，她的手落在莫尔身上，落在她柔软的腰上，莫尔抓住了她的手，她们面对面跪着，她们在接吻。接吻的甜蜜与莫尔·格拉德尼脑海中对这一事实的震惊交织在一起，她完全迷失在其中，足足有一分钟或更长时间，直到恐惧降临在她们之间，她们挣脱彼此，莫尔站了起来，她提起满满的篮子，把它带到母亲的厨房，埃伦没有叫她回来，只是站起来，提着自己的篮子穿过草地回家。

莫尔·格拉德尼第二天就给埃伦·杰克曼写了一封信，她在上面贴了邮票，并把它寄到了邮局，她花了两个礼拜的时间等待回信，在没有收到回信之后，她在一个清晨起来，离开父母的房子，坐工厂的大巴到城里，坐火车到都柏林，然后乘船到威尔士，再坐车到伦敦，五年之后她才再次看到埃伦·杰克曼。

她们随后在圣井边祈祷，莫尔跪在泉水的石头边沿，为她缺席的儿子、她父亲和丈夫的灵魂以及她母亲受伤的心祈祷，埃伦站在她身边，为她自己的孩子，为她阴暗的、受伤的丈夫寻求代祷，为对方的意图祈祷，为自己的罪祈祷，埃伦把一磅硬币扔进黑水里，说，这就够我们两个人用了。上帝知道，随着岁月流逝，我们已经把一些赎金扔在那里了。你想想看，这真是浪费。把钱扔进地下的水坑里，不管我们做什么，都会被诅咒。有没有人过来把它取出来？莫尔没有回答，因为她不知道，也不在乎：她仍因情人的抚摸而微微颤抖；井周围的地面似乎比平时更颠簸,她必须小心自己落脚的地方,否则她可能会摔倒。

牺牲是最重要的,埃伦认为,莫尔点点头,埃伦的手现在放在她的后脑勺上,她说,我们说了那么多大话,最后还是不得不来这里,还是这里。我们在脑海里去过那么多地方,实际上却一无所获。但无论如何。正如智者所言,我们就在我们所处的地方。莫尔慢慢地站起来,忍住了拉着埃伦的手的冲动,因为她们现在是在公开场合;尽管这口井很隐蔽,但她们是在公地上,邻居随时都可能破坏这个受祝福的地方的边界,而且守卫这口井的石铸圣母的表情比埃伦·杰克曼圣殿上的白色和天蓝色的雪花石膏圣母更令人生畏。她看起来不像是会被打动的样子。莫尔考虑了一会儿,想用雏菊编织一串花环,戴到冰冷的石铸圣母头上,之后决定不这么做:埃伦已经开始返回通往码头的路上,而且,无论如何,反正五月已经结束了。

你真的认为我们是吗?莫尔问道,她突然的问题将埃伦从愉快的沉思中惊醒。是什么?埃伦问道。被诅咒的,莫尔说。但埃伦沉默了。她需要时间来形成一个答案。她一直在想,当卢卡斯去二十五英里外的帕特里克斯韦尔的临时护理所时，她们将有十天的自由。她希望孩子们不会打电话来说他们要来住，哪怕只来一天；她知道这不太可能，但是，她预期的田园生活总是有可能被打破，她的孙辈们，尽管他们很美丽，会把他们吵闹、哭闹、饥饿的自己强加在她的恩典时刻之中。她无法忍受她的女儿或儿子开着巨大的汽车，带着旅行车、婴儿车、换洗垫子、自行车、滑板车、药粉、药水和各种各样的奇怪装备，拖着他们礼貌得笨拙、口音奇怪的配偶，在她神圣的一个半礼拜的时间里，在她难得的偶尔有机会完全敞开心扉的时机到来。她的家现在被装饰得很柔和，以莫尔的风格，以她知道能够取悦她的爱人的颜色和风格，而其他人永远不会知道这一点。她的家也是莫尔的家，就像她们能在一起的白天或者晚上一样珍贵；她的生活就是莫尔的生活，这就是它的全部意义。

莫尔的一幅画挂在她朝阳房间的墙上，画的是一棵柳树，树枝层层叠叠地伸向一池静水，树叶被太阳照得黄绿相间。莫尔的两幅海景画挂在她的卧室里，一幅在她床头，画中是蓝天下平静的海面，上面飘着一朵朵白云，一幅在她床脚对面，画中是沉重的灰色天空下愤怒的海面，左边是一排黑色的悬崖，一直延伸到地平线，有些晚上她躺着听着隔壁房间里卢卡斯的鼾声，就这样看着那幅画中黑暗的大海，水面上翻腾着蓝黑色的白浪，惊叹于莫尔的笔触，想象着她画这幅画时的样子，在她在小屋里的临时画室里，在帕迪借助亚历山大的力量所造的扩建部分，阳光透过天窗照着她的脸。

她的孩子们有教养，受过良好的教育，有能力，有自信，能适应，说实话，她的三个女儿都是专横的小婊子，满脑子都是自己的意见和信仰，对她们母亲的纯真，对她虔诚的遵守，对某些仪式和圣礼的坚持，对她不合时宜的行事方式感到难以置信。她的儿子似乎从未离开过天空，在全球各地飞来飞去，来来回回，为他工作的银行做各种交易，那家以城市命名的银行，一个她始终无法理解的名字。埃伦知道她的儿子永远不会耕种这块土地。他一拿到授权书就把它租了出去，她也很高兴。她很清楚卢卡斯遗嘱的细节——她出席了遗嘱的制定：他的全部财产将传给他唯一的儿子，如果他先于埃伦去世，房子的终身租赁权将授予埃伦。卢卡斯规定在女孩们成年后给她们每人一份礼物，并认为他对她们的责任已经完成。这块地将留在杰克曼手中，沿着男性的血统传下去，不允许有任何争论，也不允许提出任何建议。律师邓巴对他们说，根据一九五五年的《继承法》，埃伦有合法的权利分享三分之一的财产，如果她主张这一权利，但卢卡斯对此报以大笑，并告诉邓巴不要再胡说八道了，邓巴看着她，她觉得，悲伤地笑了笑。之后卢卡斯提高了嗓门，让律师要么按照他的指示去做，要么就别管他的事。他说，你这样的人还有的是，只不过都在疯狂地寻找客户。这里有一条街都是你们这些人，通过你们书本的窗户向外望。邓巴叹了口气，举起手掌，说他会尽快把它写出来。

但埃伦从来没有预料到她的独子会如此慷慨。她仍然能感到那天自豪的激动，他带着一个黄色的软垫信封走进院子，里面装着一叠薄薄的新纸：一份新起草的格拉德尼家小屋的契约，以及一张用红色笔迹勾勒出小屋、果园和花园的地图，一份以凯瑟琳·格拉德尼为名的自由产权，没有时间限制的完全所有权，只保留了允许无障碍使用小路的地役权，并约定将由他继续出资铺设和维护。在他父亲去世后，该协议将产生法律效力。她还记得，当她告诉他她为他感到多么自豪，她爱他，他在做一件美丽而不可思议的事情之后，他的脸颊是多么红。他如何喃喃自语说这是他能做的最起码的事：格拉德尼家族一直是他们的好朋友，他们为杰克曼家族付出了这么多，他们失去了这么多。她仍然记得基特脸上的泪水，她尴尬的喜悦，以及她低声说的话：他现在有些东西可以回来了。她还记得基特如何拥抱他，当她把手放在安德鲁的脸颊上，告诉他他是个好孩子时，安德鲁眼中的幸福神情。他如何回避这种赞美，说：这一直都是你们的，基特，你和帕迪的。这只是正式确定下来。

她深爱着她所有的孩子，她想念他们，她非常担心他们，但她仍然祈祷他们在接下来的这段时间能够远离。而且至少她对莫尔有了一个答案。被诅咒？埃伦笑着说，我不知道。我们肯定会有几个问题要回答。他们会想知道我们以为我们在做什么，我会说，是什么影响了我们。而我的答案将和你的一样——我们在这件事上没有选择。别担心，我的爱人，我会比你早走一会儿，我会把你的故事和我自己的故事一起讲，我会好好替你传达你所有的歉意。我会铺着一张干净的床单等着你，开始永生。如果死亡之后只有虚无，那也不会对我们造成任何困扰，因为我们已经什么都不会知道了。无论如何，如果我们要相信我们被告知的东西，一切都是神圣的，难道不是吗？所有地图的线不是早在我们生活之前就已经画好了吗？我们只是舞台上的演员，我的爱人。莫尔说，噢，我不知道。我们不要谈论死亡了。我无法忍受你不在了这种想法，我不知道我该怎么做。埃伦又笑着说，我们到底是什么样子的？她们从码头道路转到墓地入口，在那里分开照顾各自的死者。

在她从墓地外墙脚下一块松动砖块后面的储藏室里拿出园艺手套时,埃伦想到了三年前另一个晴朗的夜晚,当时宇宙向内压缩,将自己压缩成一个黑暗的奇点,然后再次展开,充满了光明。她能看到,听到,在她的记忆中感受到它的全部细节。当她从远处的山坡走过长长的小路,沿着池塘边走到格拉德尼家的小屋时,傍晚的空气中弥漫着令人陶醉的初秋收获的味道,她带着半打用打结的薄纱布包裹的蜜饯罐。她纯真的想法,她的无知,几乎是快乐的,在她的脑子里描绘着即将到来的一个礼拜。当她听到低沉的哭声和一个粗糙、熟悉、威胁的声音时，一股寒意袭击了她的心，并向外渗透到她的皮肤。

傍晚突然变得寂静，时间自身被打破的感觉。在她爬上大门的最后几码时，脚步沉重，她靠在门上的栏杆上，向右看，绿油油的田野沿着山坡的弧线延伸开去，一直到山谷，然后强迫自己向左看，那里有一棵古老的橡树，她听说这棵树曾经是一棵悬铃木。她看到莫尔背靠着树，卢卡斯·杰克曼面向她。绿色的树枝画出弧线，几乎遮住了他们。在仲夏的微风中，在从海洋中滚来，沿着上游的湖泊传到这个山坡的新鲜空气中，卢卡斯·杰克曼的声音真实地传到了她的耳朵里。她听到他的话，短促地传来，配合着他进出的节奏，现在，你这个该死的婊子，你会学到的，关于这些事情，关于女人和男人之间的事情，你会学到你丈夫现在教不了你的东西，你现在会学到的，女孩，你要学很长一段时间。卢卡斯·杰克曼月白色的屁股，莫尔的手猛击他的身体，张开手掌拍打他的脸庞，卢卡斯从她身上后撤，用右手掐住她的喉咙，把她身体甩到树下的地上，甩到被夏天的牛群磨得平整光滑的硬草地上，他狰狞地回旋，转身扑到她身上，莫尔的手臂平摊，似乎投降了。她感到自己的喉咙里哽住了一声嘶哑的叫声，她感到她的双腿带着她越过大门进入田野时的沉重，她感到她急促的脚下长亩地的厚草，她感到布袋里的蜜饯罐的重量，她感到自己抓住了布袋的手的力量，她感到她的手臂在奔跑中轻松地向上摆动，摆动的时机也很确定。她看到卢卡斯的眼睛里闪烁着震惊和恐惧的光芒，他抬起头，正好看到他的末日来临。玻璃打在骨头上的巨大响声。他的身体瘫倒在地，一动不动。渗出的果酱像血一样，土地的颜色渐渐变深。莫尔·格拉德尼在地上哭泣。埃伦·杰克曼跪在她身边，抱着她，说，没事了，我的爱，没事了。

启示录

REVELATION

在她的小屋里，基特·格拉德尼在静静地祈祷。她只能勉强感觉到她的外孙，对他有最微弱的感觉，不能确定他的健康状况或他的下落。他暂时失去了联系，找不到了。降临在她身上的是什么样的诅咒，一生之中这种事情居然会发生两次？她为她失去的人感到痛苦，为约书亚，为亚历山大，为帕迪，痛苦的持续时间之长丝毫不影响她的痛苦：它始终存在，在她的厨房，她的房子，土壤，石头和绿草的每一个表面、每一个缝隙中。她现在最痛的是约书亚，她的黑发男孩，她的第二个孩子。她咒骂自己，因为她曾告诉他要剪掉头发，穿上合适的衣服，不要再像个该死的乞丐一样，把屁股露在裤子外面到处走。她曾对他大发雷霆，让他把正在读的书收起来，把课本拿出来，并告诉他，除了在一个从来没有人被允许阅读的笔记本上写东西，他更应该填写一些工作或课程的申请表格。每次她扫了他一眼，他都会笑着说，是的，姥姥，然后他就会把迈开长腿走出厨房，弯腰看着书页，帕迪就会进来，他们就会大聊曲棍球、足球和新闻，约书亚就像他父亲一样，帕迪和约书亚之间的关系就像亚历山大孤零零地死在路边之前帕迪和亚历山大之间的关系那样轻松。

基特有一个东西。她就是这么称呼它的，一个东西。它有一个恰当的名字，有人曾经告诉过她，但它是那种在她记忆中不太清晰的词。它不能让她看到未来或与死人交谈，但它确实让她有种可怕的感觉，约书亚已经迷失了自我，他没有像许多同龄男孩那样对自己做傻事，每天都做，在未来的日子里也会如此，但他仍然处在一个黑暗的地方。而这个东西让她知道，从她认识他的一开始起，亚历山大就是一个好人，他对莫尔的爱是真的，他不是骗子或小偷。她仍然感到遗憾的是，莫尔没有作出更多努力，没有进城去读商业学校，没有像基特那样学会打字和记账，但生活就是这样：它沿着自己的路线蜿蜒前行，没有人能够在命运的道路上做什么，只能站在一边，希望并祈祷最好的结果。

帕迪也爱他的女婿。基特看着这一切，在一年多的时间里，慢慢发生。这个英国人晚上从工厂回到家时，都会向她问好，并宣称天气根本不算多冷，还有，你好，妈妈，他几乎是弯下身子，在她的头顶上亲了一下，他会用他的大鼻子吸气，宣称这所房子里的气味是他以前从未闻过的，这到底是什么东西？苹果馅饼？葡萄干蛋糕？啊，基特，我的爱，我愿意爬上你的山，我愿意游过你的湖，只为吃一片葡萄干蛋糕！他会在**葡萄干**的发音里加入**卷舌音**，然后在烤箱边上等着，直到她打开烤箱，把里面的东西拿出来，当他伸手去拿的时候，她会拍打他的手背，然后他就坐在厨房的桌子旁，等着蛋挞或蛋糕或烤饼的托盘在窗边冷却，帕迪就坐在他对面，他们会喋喋不休地说个不停。基特经常会从半截门外看到他和亚历山大一起走过草地，拿着一捆捆栅栏线和木槌或者斧头和电锯，去做保护杰克曼家土地周边的工作，让他们的牲畜保持安全。

亚历山大是夜空中的蓝黑色。起初，她不由自主地看着他。她从来没有近距离看过黑人，除了他们在都柏林寻找莫尔的那天遇到的那几个。他那扁平的鼻子和他手掌的粉红色。大嘴唇。主，他真是个风景。谁也不知道莫尔的白皮肤为了约书亚是怎么胜过那么多的黑皮肤的。不过，这个男孩还是长着卷发和棕色的眼睛。亚历山大不完全是一个新教徒，他说，但他也绝对不是一个天主教徒。他说，他的父母对圣经了如指掌，他们可以在任何场合引用圣经，他在整个童年时期都去教堂和主日学，但他对任何旧事都会顺从，他说，他会学习那些天主教祷词，他会兴致勃勃地念这些祷词，他会向主举起他的心和灵魂，赞美和感谢他得到的一切。他美丽的妻子和他美丽的儿子。他说，这样的财富会让任何一个人的脸转向天堂，以示感谢。每个礼拜天的早晨，他都会和帕迪、基特一起走在长长的山路上，去做弥撒，他甚至还加入了忏悔、我们的父亲和万福玛利亚的回应及部分内容，她喜欢他叫她妈妈的方式，和电视上的英国小伙一样。被一个像黑桃 A 一样黑，英俊潇洒，声音像夏雨一样柔和的高个子英国人这样叫，给她带来了一种奇怪的刺激。不过，亚历山大最可爱的地方是他爱莫尔的方式。他爱她的方式很虔诚。他的爱不张扬，也不炫耀，而是安静的，几乎可以说是紧张，仿佛担心自己是在做梦，如果他不小心，就会意外把自己吵醒。

不过，基特不得不承认，帕迪宣称亚历山大满嘴大话是对的。但这到底有什么错呢？这不是关于战斗或轰炸，爱尔兰北部或越南共产党或任何类似的大话。谈论的是他要在湖边买的一块地和他要建造的宫殿式的房子，以及他们要如何一起住在那里，他们会有几英亩的空间，他要有阳光房、橘子房、斯诺克房和各种各样的房间。帕迪总是很不高兴，问他一个以给锅子装把手为生的小伙怎么能做到这些事，亚历山大总是用长长的手指敲着他扁平的鼻子说，哈哈，你等着瞧吧，我已经在酝酿一些事情了。你的眼睛里有，帕迪会笑着说。你有你的命运，孩子。但事实证明，他确实在酝酿一些事情，制订了很好的、详细的计划，他开始从事景观园艺工作，而且他开始在这方面取得很大的成就。

基特松开手指，握紧拳头，再次握紧手指，继续做她的节拍式祷告，她试图阻止她的想法与她的祈祷重叠在一起，但她做不到。这仅仅是那些不请自来的记忆在她的脑海中翻滚，强加在她的意识上的夜晚之一。那两个可爱的男人走了。亚历山大走后，她远离圣母玛利亚好长一段时间了。竟然允许这么可怕的事情发生,这简直是嘲弄。

葬礼后不久,那个在路上撞了他的人在一个雾蒙蒙的早晨出现在院子里,几乎说不出话来。基特在大门对面遇到了他,他说了自己是谁,她想要赶走他,但他坚持自己的立场,说,我只想对那个人的妻子和他的小儿子说一件事。请你让我去吧?但他们不在那里,基特拉了拉她的外套,作为对这个男人的忏悔的一种防御,对他内疚的痛苦的一种转移,她告诉他,他可以说任何他想说的话,她会把它转达给莫尔和约书亚。那人看着她脚下的地面,她从他移动它们的方式上看出了他不知道自己的手该怎么放。最终,他与她对视,她看得他刚脱离少年时代不久,他向她伸出手,他的手在颤抖,当她接过手时,她可以感觉到他的恐惧和羞愧的热度。他说话时握着她的手,她没有想法把它收回来。我没有开得那么快,他说。他现在望着她的脸,蓝眼睛里含着泪水。他从他的拖车后面走到路上,我没有开快车,我以我母亲和我父亲的生命发誓,但我不应该撞他。我应该踩着刹车,转弯过马路的。但我好像愣住了,没有及时意识到我要撞上他了,因为他是那么突然,我记得我在想，那是你家的人，那个……还有声音，他发出的声音，撞击挡风玻璃的声音。当我停下车，下车时，他躺在那里的样子。噢，耶稣啊，他躺在路中间的角度。那个男孩停了下来，让自己振作起来。

事情发生后的第二天，我拿着一根晾衣绳到河堤上想去自杀，但我的兄弟跟着我，及时救了我。我让他带我去警察局，我告诉吉姆·吉尔德，我想被逮捕，吉姆说，以耶稣的名义，以什么罪名呢，我说，过失杀人什么的，吉姆把我和爸爸带到警察局里的一个房间，他说我要对自己负责，有时发生的事情本来是可以避免的，但世上没有办法改变过去，没有必要对事情耿耿于怀，世界的运作方式很奇怪。然后我父亲突然说，之前我想要了结自己，就好像吉姆已经知道了一样，他说，啊，耶稣，孩子。他说，有一件事他是肯定的，那就是在悲伤中加入悲伤，只能引起更多的悲伤。但我想我永远不会停止悲伤，如果这对你有好处的话。无论我做什么，我都无法摆脱这种感觉。你会告诉你的女儿和你的外孙我很抱歉吗？你会告诉他们我为他们心碎，我永远不会原谅自己吗？我也为你心碎，格拉德尼夫人，我再也不会正常了。如果这能让你宽慰一些，我愿意再也无法快乐地生活。

这时，基特用胳膊抱住了他，和亚历山大·埃尔姆伍德一样，他不得不弯着腰，几乎是双膝跪在她的怀里，他像个孩子一样抽泣。她能感觉到他的悲伤和遗憾的重量，她是好心的，她不恨他，她能给他的只有爱，她知道这甚至可能使这个不确定的乡下男孩的情况变得更糟。

帕迪至少死得很安详。在亚历克斯之后六年。在花园的尽头，阳光温暖地照在他的脸上，一阵和煦的微风吹来。在新芽和新叶中，在他新割的草床上，他躺下了。仿佛他感觉到了它的到来，并且知道，他想，现在除了躺在这里，没有别的办法了。当基特发现我时，她会很高兴我死得很安详。她很高兴，她感谢上帝，她与圣母达成了和解，因为她允许帕迪在她可爱的五月死在花丛中。

在她拔掉杂草，整理她家位于约阿拉拉墓地中间部分的墓碑周围狭长的碎石线时，埃伦现在还记得她们从地上站起来，站在她丈夫的上方，然后，站在他的两侧，向下看，他没有动，她们都不知道接下来该怎么办。他的额头上有一个一掌长的口子，渗出的血颜色很深，几乎是黑色的。埃伦确信他已经死了。她看着莫尔，隔着她丈夫的尸体伸出一只手，莫尔握住了她的手，埃伦突然想到这是她们二十多年来的第二次接触。她想，这可能吗？这个问题一直萦绕在她的脑海中，她惊叹于自己头脑的古怪，在这个危险的时刻，在这个灾难的时刻，它怎么能把自己框死在这样的一个问题上：从很久以前的一个九月的夜晚，她们在小屋旁的果园里亲吻对方的嘴唇，到这个温暖的夜晚她把她抱在怀里，她是否触摸过莫尔·格拉德尼身体的任何部分。在她失踪多年后回来的时候，她们一定握过手。但是没有：莫尔在第一个周日做完弥撒后回小屋的时候和她吵了起来。但那是她的错：她闯了进来，给了她一个惊吓，她并不友善，她的开场白是：以上帝的名义，你以为你是谁？这句话在当时没有意义，现在也没有。但在那之后的这么多年里，从那一刻到现在，她们怎么可能从未握过手，拥抱过或亲吻过呢？在亚历山大或者帕迪的葬礼上？但所有这些都无法回答，现在的事实是，她们生活中的所有时刻堆积在一起，形成了现在的局面：她的丈夫卢卡斯试图在朗埃克的那棵老橡树下用暴力夺走莫尔·格拉德尼，现在死在了她们俩之间，摆在她们面前的选择突然在埃伦脑子里清晰了起来，并且非常严酷。

以前发生过吗？埃伦问莫尔，莫尔摇了摇头，低声说，没有，没有这样。这是他最过分的一次，他已经有好几年没有看我了。埃伦不确定这句话的真实性，但她默默地接受了，她弯腰把蜜饯罐子重新装进格子布袋里，从地上捡起两个碎罐子的玻璃，从地上舀起洒落的果酱，她用指甲一点点往下挖，不过地面因天气干燥而变得坚硬，没有留下任何玻璃或果酱的痕迹，她把包袱的顶部系紧，停下来思考了一会儿。手下的人都回家了。她的房子是空的。只有基特在小屋里，也许还有约什。莫尔不知道约什在哪里。这些天来，他很狂野，一次就走好几天，只有上帝知道去了哪里，回家后总是那么沉默和暴躁，一直睡到中午，起床后又会离开，据她所知，甚至不去听他的音乐，也不去练习曲棍球，也没去找他的老朋友。

来吧，埃伦说。她把手放在卢卡斯的脖子上，没有感觉到脉搏，她把脸颊贴在他的嘴唇上，没有感觉到皮肤上的呼吸，她用手握住他的手腕，等着感觉她指肚下的运动，但没有，所以她很满意，他已经死了，她嫁的这个阴暗、沉默的男人，自从这个生物第一次来她父母家做客以来，就一直是她的狱卒和负担，是她所有厌恶和恐惧的来源。

她又拉起莫尔的手，提起她的一捆蜜饯，两个女人手拉手走回大门，走上小路，又离开小路，走进草地，穿过草地，来到埃伦住的房子，埃伦告诉莫尔她们要做什么。她们从仓库里拿了一把电锯。她们拿了一架梯子、一段绳子和一副工作手套。她们把这些东西搬回草地上,埃伦在橡树的一根低矮的树枝下打开梯子,她准备好电锯,拉动启动器,三次之后,电锯轰鸣起来,她把油门打开,把电锯伸了出去,她慢慢爬上梯子,感到手臂发软,但她把锯子举到树枝与树干相接的厚实处,她在那里切了一道,浅浅的一道,刺痛脸颊的锯屑令她喊出了声,她关上油门,看着站在一旁看着她的莫尔,她对莫尔说站到后面,站在远离他的地方,她转过身,把电锯朝卢卡斯尸体的方向抛向空中,锯刃先落在他身边的地上,凹陷了下去。

她慢慢地从梯子上爬下来,莫尔在她身后的地面上稳住她的脚步,她把梯子侧放在地面上,两个女人站到后面,以便看得更清楚些,埃伦确定,她对尸体、锯子和梯子的安排是可信的:任何勘查现场的人都只会得出一个结论。不管出于什么原因,卢卡斯·杰克曼决定砍掉他那块被称为朗埃克的土地上山顶田地南侧外围老橡树的低矮树枝,在这样做的时候,他从梯子上摔了下来,在摔下来的过程中头部受伤,导致死亡。

现在,她跪在地上,手按在冰冷的墓碑上,抓住一从蓟草,缓慢而坚定地让它离开土地,把根部和一切都拔出来的时候,埃伦想起她在那一刻感受到的轻松,那种奇妙的解脱。她在哭,她身边的莫尔也在哭,但没有悲伤,只是从她的头顶和周围驱散了一团黑暗,天空放晴了,光明和希望迸发出来。莫尔的手握着她的手,大小很合适,也很温暖,她们默默地走回小路,埃伦告诉莫尔回小屋的家里去,就像什么都没发生过。她用大厅桌子上的电话拨通了999,她对着听筒大喊,说发生了意外,她丈夫摔倒了,她以为他死了。她拼命往回跑,穿过草地,如果有人比她早到,她就会气喘吁吁,大汗淋漓,她一边跑一边构思她要讲的台词,她寻找到卢卡斯躺在树下的时间线,检查他的生命体征,确定他没有脉搏,呼救无果,因为附近有谁能听到她的呼喊?她自己的房子是空荡荡的,因为她的孩子们都不在,农夫们已经结束了一天的工作,甚至格拉德尼家的人也不在附近,反正他们没有电话。她决定不得不离开他,跑去打电话叫救护车,然后再跑回来继续做胸外按压,以防万一。她很清楚她的程序和术语,因为在她父亲告诉她她要回家了的时候,她已经接受了几年的护士培训,她该做她应该做的事情,而卢卡斯·杰克曼是出身最好的人，来自最富有的土地，一旦她和他结婚，她就不会在外面工作，当护士或者别的什么。

她回想起，当电击器被绑在卢卡斯裸露的胸膛上并打开时，天空是如何再次关闭，黑暗的一团如何再次聚集并压在她的身上；当救护人员转向他的同事并说有脉搏时，这团东西是如何在她周围收缩的。他们给卢卡斯的脸戴上了面罩，给他盖上了毯子，他们继续轮流进行按压，而吉姆·吉尔德和另一名警察，一个来自韦斯特米斯或基尔代尔或什么地方的年轻人，站在她的两侧，一遍又一遍地问她是否还好。她想不想坐下来，她想不想在直升机来的时候上去，那里很可能有她的位置，小路和道路以及田野的边缘都站满了邻居，当直升机降落在摇曳的夏草上时，她听到了孩子们的欢呼声。

而她现在感觉到晚间的微风轻轻吹在她的脖子上，直接吹拂着，因为她的长发都拉到一边，因为她跪在阳光烤硬的土地上，她听到微风中的低语，她总是能听到，提醒她所有的谎言，所有的罪。等待卢卡斯完全苏醒的日子，医生告诉她他的体征很好，他的心脏很强壮，他的含氧量很高；他每天都在强势反弹，但她仍然不应该期望太多。在他受伤的地方积聚的血液被排走了，在他的头骨边上做了一个切口，以缓解那里的肿胀压力，但他的伤会改变生命。当他从那里回来时，他已经变了。在这些时候，她独自坐在他的床边，想：只要一分钟就够了。一只手紧紧捂住嘴，食指和拇指用力捏住鼻孔。她还记得她和莫尔在一个礼拜天，听着通过扬声器传入医院的病房的弥撒时想出的计划。带着她在建筑协会的存款逃跑。从这个世界消失，消失在一个阳光灿烂、蓝天白云的地方。差不多就是莫尔曾经在给她的信中提出过的同样的计划。但她怎么可能离开她的孩子呢？她记住了那封信，然后在水槽上把它烧掉了，而莫尔在她还没有回信的时候，就丢下她走了，而且没有留下任何话。

她记得卢卡斯醒来的那一天，记得他眼中的死气沉沉，记得当一次又一次的评估结果都是一样的时候，她渐渐释然了。一个半植物性的状态。一个行走的、清醒的死人。

永远被诅咒。她要在地狱里度过，莫尔也一样。

莫尔在整理亚历山大的坟墓时总是想到他睡觉的样子。她想到他完整无缺，做着一个愉快的梦，嘴角带着一丝微笑。他躺在她身边时的样子，有时握着她的手，总是那么安静地睡着，一动不动。对这样一个大男人而言，与他同床共枕很容易。他从不辗转反侧，只是仰面躺着睡觉，他的脸在平静的睡眠中是如此美丽，以至于她有时感到内心有一种渴望，某种罕见的对他的吸引，她在这些场合用一个吻唤醒他，并沿着他的身体移动她的手，让他知道他可以向她求助。她喜欢他缓慢而温柔的动作，喜欢他眼中的幸福光芒，她恨自己以这种方式控制他，恨给他的那么少，但她知道，就算什么都得不到，只要他能在她身边，他就会很高兴。她总是想到自己是如何利用他的。他是如何让自己被利用的。他对她的爱是如此完整，而她对他的爱是如此脆弱，如此不堪一击。她不知道是什么错误的魔法铸就了这些东西，星辰是什么可怕的排列方式。

她看不出他的爱有什么理由，看不出他爱上她的原因。她起初以为他和她交往过的其他男人一样，他会尽其所能地对她甜言蜜语，但如果做不到，就会粗暴地逼迫她，她必须挣扎，威胁和哭泣，他才会放过她。他在她每次工作结束后都会等着她，送她安全地回到她的寄宿家庭。他从所有的工作伙伴那里寻求帮助，以便能够自由地与她同行，而且，有人告诉她，他总是在金钱和时间上加倍偿还欠他们的。他轻轻地叫着她的名字，说话时总是面带微笑。莫尔。我的爱尔兰莫莉——噢。他从移民邻居那里学会了歌曲，并在他们走路时甜蜜地唱给她听。他不知不觉地发现了一些爱尔兰语单词，他缓慢而自豪地发音：*dee-a-gwit*，*cun-ass-a-taw-too*，亚历山大-*iss-annum-dum*，*taw-too-guh-hawl-een*。最后一个词的意思是，你很可爱，他告诉她。他还学会了表示美丽的词。*Daw-hool*。*Taw-too-daw-hool-a-store*。他告诉她，他曾问过如何说我爱你，得知是做不到的，这些词没法直接翻译成爱尔兰语。他不相信这个。他问她，问她这是不是真的，她试图回忆她在学校的课程，回忆那个让他们死记硬背的瘦小修女的声音，她在记忆中听不到那个修女曾经教过他们这样的东西；她甚至不记得**爱**这个词，她呵斥他说，除了学校和西部的一些荒凉地方，没有人真正说爱尔兰语了，他说的那些话毫无意义，她怎么会知道呢？但他仍然轻轻地笑着，走在她身边，每天晚上把她留在门口，对她没有其他要求。

她以为她可以通过祈祷来摆脱自己的欲望，摆脱她所背负的诅咒。她以为她可以请求圣人代祷——这要求真的很多吗？——帮助她克服这种需要，她必须触摸另一个女人，亲吻另一个女人的嘴唇，一个她从小就认识的女人，她住在离她家很远的草地上，隔着一条比任何冒失的冲动都要宽的鸿沟。最后她让他和她做爱，然后她嫁给了他，因为她别无办法。最后，她在某种程度上爱上了他，因为她别无办法。她还是离开了他，跑回家去，因为她不能让自己的灵魂再被扭曲。

莫尔害怕这个孩子，害怕他那沉稳、知性的目光，